文芸社セレクション

海行き電車

山口 実徳

YAMAGUCHI Minori

JN076095

文芸社

目次

1・十月桜 …… 5
2・職場 …… 17
3・心療内科 …… 27
4・薬 …… 39
5・震え …… 51
6・変化 …… 63
7・解離 …… 71
8・起伏 …… 83
9・社会 …… 97
10・生還 …… 107
11・水面 …… 117

1・十月桜

智は携帯電話の画面を見つめていた。ＳＮＳメールが表示されており、文章が打ち込まれ、送信先も指定されていたが、送信できずにいた。親指が動いた。しかし向かう先はＳＮＳの利用規約だった。

禁止行為について…異性との出会い等を希望、または誘導することが主目的であると判断する一切の行為

智は私鉄の車掌として、三年目を迎えていた。鉄道従事員、特に乗務員は早朝出勤、深夜退勤、宿泊勤務があり勤務時間が不規則で、休みの日も均等化を目的に半年に一度、曜日がずれる。友人と日に日に疎遠になっていくのを感じていたし、奥手な智には女性と出会うなど困難だと思っていた。

仕事ができて男前、人間性も尊敬に値するのに、独身のまま定年を迎えた上司を見てきた。また智の親族は皆、仕事熱心で晩婚だった。まだ二十六歳という若さだったが、出会いや恋愛、結婚に対して不安を抱えていた。

そもそも、このSNSを始めた際、女性との出会いは求めていなかった。

リンクを飛んでいけば知識の洞窟を冒険するような感覚になれる辞書機能サービスをきっかけに、アカウントを取得した。前述のメールの他に日記、チャット、ツイート、コミュニティ、ゲームなどコンテンツが豊富であり、このSNSにログインするだけで、いくらでも時間が潰せたし、家にいながらにして日本中を散策しているような気になれた。

程なくして鉄道員と、鉄道員のファンが交流するコミュニティに参加した。

参加早々、掲示板に旅客のマナーが悪く憤っていると書き込んだ。

鉄道員側は「そうだそうだ、言う通りだ」鉄道員ファン側は「言い過ぎだ」という意見が出て、一騒動になった。コミュニティを荒らしたことを早々に謝罪して、何とか沈静化させた。

この騒動をきっかけに、ある鉄道員ファンユーザーと、やり取りするようになった。

それが今回のメール送信先である。

書いては推敲し、書いては利用規約を確認し、というのを何度も繰り返していたため、文章は出来上がっていた。しかし、これが運営側から問題視されればアカウントが停止または削除され、今まで築いてきたつながりが失われてしまう。想像すると恐ろしく、なかなか前に進めずにいた。

再びメール画面に移ると、迷いなく文章を書き込んでいった。

ｔｏ：リトデビΨ
うつ病で会社を休んでいるそうですが、私も高校時代に神経症で二か月くらい学校を休んだことがあります。リトデビさんの気持ちがわかるかも知れません。
実は帝急で車掌をやっています。海が好きだそうなので、帝急に乗って海を見に行きませんか？
ｆｒｏｍ：ぽっぽ堂

本当に推敲したのだろうか。はじめに推敲が必要なほど、不躾な文章を書いてしまったのだろう。彼は作家になるべきではない。

書き終わり、送信先と文章を確認し、送信した。流れ作業のように無心だった。そして浅く溜息をつき、天井を仰ぎ見て、このあとは放心するつもりだったが、そんな暇はなくメールが返ってきた。

ｔｏ：ぽっぽ堂
帝急の車掌さんなんですか！　高校生くらいまで沿線に暮らしていましたよ！
私は通院以外なら時間があるから、ぽっぽ堂さんの都合のいい日でいいですよ。
ｆｒｏｍ：リトデビΨ

思いの外、明るい文面にほっとさせられた。一度海に連れて行くだけでは良くならないだろうが、何度か一緒に出掛ければ、症状は少しずつ改善するのではないか、そんな淡い期待を抱かせた。

それから待ち合わせの場所と時間を打ち合わせた。

智は横浜の陸の孤島で、実家暮らしだった。職場から徒歩四十分の場所だったが、どこへ行くのも数十分歩くことが子供のころから当たり前だったので、苦痛ではなかった。

リトデビΨはSNSのプロフィールによると神奈川県央に住んでいた。准看護師で、前述のメールの通り、うつ病で休職中である。

ふたりは横浜駅で待ち合わせた。十月末のことである。

しかしお互いの姿を見たことがない。ふたりともプロフィールや日記に、自身の写真をアップしていなかった。目印として、智は手作りした帝急電車のマスコットを鞄に着け、リトデビΨはSNSのアバターと同じ格好をすることにした。

インターネットの世界である、何があるかわからない。お互いに聞いた話や想像との乖離《かいり》もあるだろうし、嘘だって大いにあり得る。トラブルに発展することもあるだろう、犯罪だって起きている。SNS運営者が警戒するのは当然のことだ。そもそも来ていない、ということだって考えられる。この待ち合わせは、期待と緊張と不安で満ち溢れていた。

待ち合わせ場所には、アバターと同じ黒ずくめの女性がいた。

「リトデビさんですか?」

「はい」

返事をした彼女は、満面の笑みを見せた。自称ぽっちゃりで、その通りだった。六歳上だが、そうは見えず、すぐに打ち解けられそうな親しみやすさを感じた。そんな彼女の様子に、智の胸に満ち溢れていたものは、安堵に変わっていた。

「初めまして、ぽっぽ堂です。乗りたい列車があるので、さっそく行きましょう。切符は買ってあります」

「え…」

せわしなくフリー切符を手渡されたリトデビΨは、突然のことに驚いたものの、事前の準備をしてくれたのだと気付いて、嬉しさがこみ上げてきた。

プラットホームに上がると、真っ赤な電車が滑り込んできた。その座席は進行方向を向いていたが、指定席券や特急券の必要はなく切符だけで乗車できる。帝急自慢の電車なので、智が自身で沿線を案内する機会があれば、絶対にこの電車に乗せたいと思っていた。

朝ラッシュが終わったところに郊外へ向かう列車なので空いている。ふたり並んで座ったところで、簡単に自己紹介をした。

智は持参した帝急線ガイド雑誌を開いて、リトデビΨが行きたいところを聞いてみたが、ハッキリこということはなく、どうも行き当たりばったりの旅になりそうだ。

人数が多いオフ会ならともかく、ふたりきりでハンドルネームで呼び合うことに違和感を覚えたため、嫌でなければ本名で呼び合いませんか？　と、智は提案した。彼女の名は麻子だった。

オンラインではよく話しているが、言葉通り初めて顔を合わせる相手に心を開き過ぎていないか、と心配になるほど打ち解けていた。お互いよく知った仲で、顔を見たことがないだけ、とも捉えられるが、それは詐欺の手口のひとつではないだろうか。

しかしお互い嘘はなかった。

横浜駅から約四十分、終点のひとつ手前で降りた。人影の少ないプラットホームに降り立つと、潮風が頰を撫でる。駅前の路地を進むと目指す海が見えた。海岸道路を渡れば、砂浜はすぐそこだ。

秋の浜辺は、誰ひとりいなかった。波の音だけが穏やかに、気まぐれにささやいていた。

「あの岬は何ていうのかな」

智はガイド雑誌の地図を広げた。

「あっ…」バサバサバサ…。

突風が地図を躍らせた。風、波、沈黙。風が凪《な》いで、再び地図に目を落とした。

「…たぶん、これかなぁ」

よく転んで足首を捻ると言って、歩きづらそうにしていた麻子に、智は左手を差し出した。人に触れる、触れられることが嫌いな智が躊躇なく手を差し伸べたことは、不思議でならないことだった。

ふたりは恥ずかしそうに手をつないだまま、浜辺を歩き始めた。

昼食はガイドブックに載っていた店を考えていたが、その手前にあるレストランのランチメニューを見て、お互い「安い」と言ったので、そこに入ることにした。

「ご予約は？」

「いえ…」

高級志向な店だったようだ。店内には誰もいない。

窓際の席に案内され、ふたりだけになって…やっちゃったかな？　と言うと麻子は微笑み、鞄からポーチを取り出し、大量の薬をテーブルに広げた。どれも見たことがないものだった。

「薬を飲むので、小皿をください」

想像を遥かに上回る病状に、智の顔が引きつった。自分の考えの甘さに恥じるばかりだった。

「私、うつ病で解離、あとパニック障害なんです」

虚ろな目で薬をひとつひとつ小皿に出しながら、麻子が言った。しかし智には解離というのがわからなかった。小皿いっぱいの薬を飲んでからウェイターを呼び、ランチを注文した。

食事をしつつ、休職に至った経緯や職場での反応、支えてくれる同僚や先輩についての話を聞いた。長年ひとつの病院に勤めているが、准看護師という立場から役職に就けず、嫌々役職に就かされた同期や後輩の正看護師から楽をしていると思われ、苦しさが年と共に積み重なっていった。また病院に勤めているにもかかわらず、職員の病気について理解が少ないようだった。職員は患者ではないからだそうだ。うつ病と診断されてから四年ほどが経っていた。

一方智は、夢見た道があって工業高校に進学したものの、実習に付いていけず、自身のセンスのなさと開いていく周りとの差に思い悩んだ末、高校三年のときに倦怠感に襲われて神経症と診断された。二か月ほど学校を休んだが、この学校から早く逃げたいという思いから、留年スレスレで卒業した。

食事を終え、また手をつないで浜辺を歩いた。この長い砂浜に沿って帝急線が走っており、駅はこの先に三つ設けられていた。歩き疲れたら近くの駅から列車に乗ればいいのだが、歩きながら話しているうちに、砂浜がなくなった。

お互いの頭には、年老いたふたりの姿が浮かんでいた。

やむなく列車に乗り、麻子の提案で軍港の街を歩いた。アメリカの雰囲気ではない、アメリカを向いた日本の街並みであり、それが面白かった。休日になれば日本人観光客が押し寄せてくるが、今日は穏やかな商店街という装いである。

列車の旅の最後に、麻子が育った町にある自然公園に向かった。駅から離れているので近くまでバスが走っていたが、お互い歩くのが好きだからと言って、銀杏色に染まる歩道にふたつの影を作った。

「桜が咲いてる！」

「十月桜じゃないかな？　初めて見たよ」

智は十月桜を本で知ったが、麻子は花が好きな先生に教わったのだという。春の桜とは違って少し寂しげだったが、茜空の下に薄墨のような花が咲いていた。次第に冷えてくる空気に、じっと耐えているようで、力強かった。

再び歩いて駅に戻り、夜の横浜に帰ってきたが別れるのが惜しく、駅前広場の適当なところに落ち着いた。

「…もしよかったら、夕食も一緒に」

「…ごめんなさい。もっと一緒にいたいけど、夜の薬を持ってきていないから…」

昼の薬が頭をよぎる。

うつ病から麻子を救いたい、最悪の事態を避けられるよう近くにいたい、という思いが強くなっていた。

甘えるのが苦手だけど、智だったら上手に甘えることができると、麻子は思っていた。

ありふれた言葉でいうなら、愛していた。

「こんなに楽しい一日になるんだったら、持ってくるんだった」

「ま、また会おうよ。連絡するから」

麻子を改札口で見送ったあと、親に夕食はいらないと告げた智は、高揚したまま近所のファミレスでひとり夕食を摂った。

２・職場

智の職場は乗務区と言い、運転士と車掌が百数十人ずつ所属している。乗務員を指導する主任が十人ほど、管理監督する助役が数人いて、事務専属の車掌が二人と、責任者の区長がいる大所帯である。これが帝急には三か所ある。

乗務員は七つの班に分けられている。智は技能講習中から班異動することなく同じ班にいた。

休憩は分単位、列車は秒単位である。控室で休憩している乗務員は皆、リラックスしているようで、どことなく緊張感が漂っていた。

そんな中、智を囲んでベテランの運転士、車掌が憂いていた。

「うちの嫁に『智に女を紹介してあげなさいよ』って言われちゃったよ」

「お前、素材はいいいんだけどなぁ」

肩を叩かれた智は、そこを目立たないように手の平で拭った。

鉄道研究部に所属していた縁で、高校卒業後は鉄道の学校に進学した。しかし平成不況真っ只中の就職氷河期であり、鉄道に限らず全体的に求人は少なく、更には学生同士のトラブルに巻き込まれた。

就職できなかったが、こんな学校にはもういられないと卒業した智に、学内で共に戦い帝急に入社した友人が、帝急の駅アルバイトを紹介してくれた。

駅アルバイトを勤めながら試験を受け、二年目に帝急に入社した。半月の机上研修、一か月の現業研修を経て駅係員として一年一か月勤め、車掌教習入所試験に合格。一か月の机上教習、二か月の技能講習を経て、独立乗務を果たした。

鉄道が好きな智は、頭でっかちで知ったかぶりをした状態で独立乗務してしまった。趣味的な知識など、現業では何ひとつ役に立たなかった。興味があることは勉強するきっかけになるのだか、結局きっかけに過ぎない。そのため技能講習中はもちろん、独立乗務後からも毎日、あらゆる人に怒られていた。

見かねた先輩がアドバイス、説教の他、飲みに連れて行ったり、様々な面倒を見てくれていた。その甲斐あって一年後には、仕事はまずまずになったので、次の懸念は恋愛だと「智改造計画」と称して世話をしていた。

「あの、実は…彼女ができました」

おおっ！　と声が上がった。

「良かったなぁ！　あとで写メ見せてくれよ！」

「十万円持って服買ってこいって言った甲斐があったなぁ」

「それ師匠に言ったのかよ」

「はい、先程お会いできて報告しました」

鉄道の現業教習はマンツーマンで行われており、指導係を師匠と呼ぶ。駅アルバイトのときも、駅係員のときにも智の師匠がいて、それぞれお世話になっていたが、車掌の師匠は別格だった。

控室入口で敬礼をする師匠の姿があった。

「…仕業、上り普通交代しました」

「柳谷《やなぎや》さん！　柳谷さん！」

先輩たちが満面の笑みで師匠を手招きした。智は気恥ずかしくて仕方なかった。

柳谷はしみじみと「おぉ智、良かったなぁ」

「はい、ありがとうございます」智は緊張していた。

仕事のみならず人生においても指導して頂いたことはもちろん、独立乗務後に最も迷惑を掛けた師匠には、頭が上がらない。

ここから話が盛り上がろうという、そのときだった。時計を見ると乗務五分前になろうとしていた。制帽を被り、白手袋をはめ、鞄を取り、会釈した。

「すみません、時間なので失礼します」

「おい智、逃げるのかよ」

「いや、五分前なんですよ！」

控室入口で今日のパートナーである運転士と並び、宜しくお願いします、と言ってから、点呼台にいる助役の方を向いて敬礼した。

「…仕業、下り普通交代します！」

麻子と一緒にさんざん歩いた後遺症により、足を引きずっていた。やはり歩き過ぎた、という小さな後悔を胸に出場していった。背を向けた控室は、智の話で盛り上がるに違いない。

プラットホームに出ると、担当列車の前任運転士が不思議そうな顔をして智に声を掛けた。

「昨日一緒にいた人って、お姉さん？」

智の顔が真っ赤になった。

「彼女だそうですよ」

顔が引きつりそうになるのをこらえた。

「良かったじゃねぇか！　おめでとう！　あ、おい！　智に春が来たってよぉ！」

前任車掌にまで話を広めていた。しかし、これほどまでに面白い話題なのかと思うと、彼女ができそうにないと見られていたのかという気がして、何とも苦々しい気分である。

前任後任同士で敬礼をする。

「普通四両異常ありません、暖房使用中です。車椅子利用のお客様が一号車で横浜まで」

「普通四両異常ありません、暖房使用中です。車椅子利用のお客様が一号車で横浜まで。お疲れ様でした」

「ポンコツで悪いね、これブレーキ甘いし揺れるもんな」

「大丈夫ですよ、パートナーがいいから」

苦笑いした運転士と改めて挨拶を交わし、乗務員室に乗り込む。

運転士さんは列車を運転する人、駅員さんは駅で仕事をする人と認知されているが、車掌という仕事がわからないというのが世間の認識だった。同じ制服なのだから仕方ないにしても、旅客から声を掛けられるときは「運転士さん」「駅員さん」である。「車掌」と呼ばれるのは、苦情のときだけだ。

運転士は前述の通り列車の運転が仕事である。気象条件や混雑度合、周囲の列車の運転状況を考慮して運転している。前方の安全確認義務があり、事故の第一発見者はだいたい運転士である。また運転中に車両故障が発生すれば、応急処置も行う。故障の状況によっては電車の床下に潜って、触ると即死する高圧電流の処置を行うこともある。

車掌の仕事は会社や路線によって異なる。ワンマン化させて車掌の仕事を運転士にやらせている路線だってある。帝急ではドアの開閉、列車側面と後方の安全確認、運転士への発車指示、案内放送、空調操作、運転士への停車駅予告などである。

ドア開閉時、特に閉めるときが車掌にとって事故を起こすリスクが高い。ドアが閉まりかけてからの無理な乗車、降り遅れた旅客がドアに当たり、あるいは挟まれて怪我をさせる恐れがある。不測の事態に備えて再度ドアが開けられる体勢を執るが、この瞬間が最も緊張する。

各駅到着・発車時は列車側面の安全確認を行い、プラットホームの旅客が接近するなどの異常を見つけたら、車掌用のブレーキを操作して列車を停止させるのだが、これを乗務員室から半身を乗り出して行う。安全のためとは言え、列車からの転落や旅客との接触など命の危険がある作業なのだ。

　案内放送や停車駅予告を自動化している会社は多いが、帝急では車掌の仕事のひとつだった。停車駅予告は全停車駅で行うのだが、具体的な実施場所は定められておらず、智は柳谷師匠から教わったポイントで実施していた。そのポイントとなる目標物も「あの家」「あの看板」「電車が左に曲がり始めたら」というようなもので、これが列車種別ごとに異なる。そしてこれを全駅覚えなければいけなかった。

　案内放送は決まった文があり、基本のパターンを覚えればいいのだが、智はそれを覚えるのに苦労した。技能教習中に柳谷師匠から「値千金の丁寧な放送」と褒められた智は、丁寧な放送というのを心掛けていた。

　それぞれの仕事は決まっているが、すべてをきっちりすみ分けているとは限らない。運転士と車掌でひとつの取り扱いを行うこともある。列車運行はパートナー同志で呼吸を合わせて行っているのだ。

　このような作業をひたすら繰り返して交代駅に到着し、後任車掌に列車を引き継いだ。特殊な作業や異常がなければ一日が、そして毎日がこの繰り返しである。

　所属の乗務区や各控室は職場に違いなかったが、智にはスイッチがぎっしり並んだ狭い乗務員室こそが職場だった。

「お疲れ様でした」「お疲れ様ー」運転士と共に控室に向かう。

「…仕業、下り普通交代しました」

鞄を置き、制帽を取り、白手袋を脱いだ。今までの緊張をひとつひとつ解くようだ。

「何か飲もうか？」

「あ、出しますよ！　さっきいただきましたから」

運転士はニヤリと笑って「ご祝儀だ」と言い、智は小さくなった。

ちょっとした休憩では、飲み物のやりとりがあった。智は小さくなったまま運転士の後ろに付いていき、乗務区の自動販売機で缶コーヒーをいただいた。ここの自動販売機は、このやりとりのお陰で地域一番の売上だそうだ。

「すみませんいただきます、十九分です」

「十九分ね、ありがとー」

次に担当する列車の発車時間を確認し合った。

すると都合のいいことに、戦友がやってきた。

学生時代、共にトラブルと戦った仲で、智に帝急のアルバイトを紹介した城島である。運転士だが、所属が違うので組むことはない。

「こんにちは、丁度よかったよ。今度のサークル活動だけど」

「メール見たよ、年休が取れなくて行けそうにないよ」

ふたりは鉄道研究部OBを中心に結成された、鉄道模型サークルに所属している。部活では智が部長、城島が副部長だったが、サークルでは智がホームページ担当、城島が技術部長的な役割だった。

「俺も忙しくなるから行けないんだ、実は結婚することになって」

城島は気恥ずかしそうに言い、智はコーヒーを吹きそうになった。

「おめでとう！」

「ありがとうございます。そろそろ時間だから、また」

智と城島の人生は、よく似ていた。理想を夢見て現実に敗れたり、久しぶりに会うとお互い煙草を吸っていたり、枚挙にいとまがない。ただの偶然なのだが、お互い不思議な縁を感じており、前述のこともあり親友よりは戦友という方が相応しいと思っている。

その反動ではないのだが、智は運転士教習入所試験の最終面接で、入所を断っている。再度の教習に抵抗があったかといえば否定できないが、何より師匠の仕事をつなぐ指導者を目指しての行動だった。

それは決して褒められる行為ではなく、それならば班のために働けと、班長から会計に任命された。

給与天引きの班費の受領と管理、歓送迎会や親睦会などの飲み会の幹事、冠婚葬祭の祝儀不祝儀、異動者への班費授受や払い戻しを任されていた。

班に欠かせない一員になる第一歩なのだが、下戸の智には飲み会で使えそうな店がわからず、少々難儀していた

3・心療内科

街角で智は、頭を抱えていた。ふとした勘違いがもとで、麻子にプロポーズのメールを送ってしまった。出会った日から「家族」を感じていたので、いずれ、という気持ちはあったものの、付き合い始めてまだ一か月。いくらなんでも早過ぎる、そんな自責の念に駆られていた。

そして今は、麻子との待ち合わせなのだ。

「ごめん、待った？」

「いや、そんなには…」

智の顔は気まずさに満ちていたが、麻子はかすかな覚悟を覗かせていた。

昼食をとり、買い物をし、麻子の家に向かった。ファミリー向けのマンションで独り暮らしをしており、看護師の収入を垣間見た。

「この前、心療内科を受診したんだけどね…」

以前、麻子の受診に付き合ったことがあった。森口先生という、少しせっかちで、熱いタイプの先生が主治医だった。治療の中断を訴えた患者に、怒鳴っているのを聞いたことがある。

受診の際に「麻子さんの症状が快方に向かっているのは、あなたのお陰でしたか」と言われた。ふたりの交際に間違いがないと認められたようで、喜び合ったことが思い出される。

そして薬が減り復職を果たした。その矢先、職場でつらいことがあり、自傷行為をしかけた。智の顔が頭をよぎって、思い留まれたのだという。

思い留まったことに安心したと同時に、そうなる前に何とかしてあげられなかったのか、二重の感情が渦巻いた。

また大量の薬を飲んでいるから、子供ができたときは中絶するようにと先生から言われているそうだ。薬の影響で、障害を持って産まれる可能性が高く、その障害もどんなものだかわからない。薬を変えて子供を作ればいいのだが、麻子の症状を考えると母子ともに危険になることが目に見えていた。

智には実子に対するこだわりはなく、縁があれば養子でもいいと考えていた。それで救われる子供がいるなら、いいじゃないかと。

そして若気の至りと詐欺被害のため、借金があった。もう少しで完済するそうだが。

「それでもいいの？　私で」

智の頭には預金額が浮かんでいた。鉄道員は労働災害事故と背中合わせで、いつ死んでもおかしくなかった。アルバイト時代、上司が電車に轢《ひ》かれて亡くなり、つらい思いをしたことがある。せめて葬式は自分の金でと考えて、こつこつ貯えていた。

「完済するまで、お預けだね」

麻子は、ほっとした顔を見せた。やはり自分の力で返すべきだ、そう思っていたのだ。


麻子は、初詣は川崎大師と決めていた。智は、親戚がその近くに住んでおり馴染みはあったものの、初詣は近所で済ませていた。

大晦日の夜、川崎大師参道の行列にふたりはいた。凍てつく寒さの中、本堂にたどり着くまで一時間半。寒がりで行列と人混みが嫌いな智には、貴重な経験である。

初詣を済ませてから境内に並ぶ屋台を見て回っていると、易者に目が留まった。

「手相って見てもらったこと、ある？」「ない。見てもらおうか？」

見料もわからないまま見てもらった手相は、テレビで見るものとは違って、事細かに説明してもらえなかった。

「男性の方は…非常に運がいいですね、お仕事は？」

運がいいと自覚したことがないので、智は驚いていた。

「電車の車掌です」

「続けた方がいいです。女性の方は…」易者の顔が険しくなった。

「あなたは男性の足を引っ張らないように」

「はい」

麻子は何か察したのか、親に叱られた子供のような素振りだった。

未明の川崎大師を出ると、麻子から話があった。

「今の病院を辞めて、春から違う病院で働こうかと思うんだ」

「目星はついているの？」と聞くと、麻子の実家の近くにある病院を考えているそうだが、それは智の実家からも近かった。

「だから決まったら会社の近くに引っ越そうかと思っていて」

「だったら春から同棲しないか？」

落ち着き払って言う智に、麻子は目を丸くしていた。

智は、友人との連絡用に使用しているＳＮＳを開き、日記を投稿した。ここでは麻子とつながりはない。

ぽっぽ堂

同棲っちゅうねん

父から「成人しているのだから、どうしてもというなら止めないが、付き合って三か月で同棲を決めるのは早い。もう少しじっくり付き合ってはどうか」と忠告を受けました。

それに「ふたり一緒に精神的に病んだらどうするんだ」とも。

世間一般から見れば早いのは承知だし、父の意見はもっともです。ふたりで話し合って、彼女のお父さんの意見も聞いてみる、と返答。

こんなタイトルですが軽いノリなんかではなく、精神的に経済的に時間的に一番いい選択を真剣に考えたんだけどなぁ…。

彼女の心がしんどいみたいだ。

ちゃんと気持ちを伝えよう。意見を聞いて、みんなが納得できる選択をしよう。同棲が半端なら籍を入れよう。

気持ちを整理するための独白に、このSNSで知り合った漫画家がコメントをつけた。

たまな

よく事情はわかりませんが、お父上の忠告はしごくまっとうかと思います。ただし、若者の情熱というものもわかるんですね。同棲を親に反対されて別れる別れない、なんて相談を昨日受けたばかりでして。恋するふたりは離れたくも折れたくもない、周囲の祝福と同意も欲しい。何でみんな反対するの？　家族と離反してまで一緒になる人？　運命の人なら、うまくいくはず。それが「しんどさ」の原因だと思います。

一概に言えませんが、障害のないカップルはまずいません。親は必ず子供が選んだ伴侶を最初から気に入りません。これが普通で当たり前で、こうした障害は試練のように次々と現れます。

親御さんや年長者のいうことは、かなり真理を含んでいますが、かといって彼らに従うことが幸せを保証するものではありません。そういったギリギリの二択を迫られるのが結婚とか同棲とか出産とかにまつわる諸々でありまして…。

なんていうかなんていうか…何とも言えませんが…いい方向にいきますように。

ぽっぽ堂
たまなさん、ありがとうございます。経験の浅い私には、恋愛の話を聞くことが必要なので、助かります。
彼女のしんどさは、春に退職が決まった職場での人間関係に起因するもので…新しい職場が決まったら、支えていけたらと思っています。
よく話し合って、お互いも周りも納得する形を目指します。

麻子が体調を崩した。悪寒と貧血のため朝礼で早退し、一週間の休みをもらった。主な原因は心にあるそうだ。

仕事は好きだけど、人間関係がつらい。でも、これを乗り越えないと次の職場でも同じことを繰り返すんじゃないか。そんな不安を抱えていたのだ。「しんどさ」は日に日に増しているようだった。

ふたりで森口先生の受診に行くと、麻子の薬が増えた。

「薬が変わったから、少し様子を見てみましょう。でも、体や心を壊してまで働く価値のある会社はないんだから、これを機会に違う職場を見てはいかがですか？」

麻子は沈んだままだった。そして森口先生は、智の方を向いた。

「うつ病の彼女に特別なことはいりません。変わらない毎日にしてください」

早くそばにいられるようにしたい、という想いは募る一方だった。

後日、ふたりで水族館に行った。かわいい魚を探したり、イルカやアシカのショーを見たり、子供のようにはしゃいだ。麻子の休みは、今日までだった。

「仕事中は楽しいんだけど、朝礼で浴びる視線が耐えられなくて…」

「だったら、お休みしてすみませんでしたー！　って頭下げて、申し訳なさそうにこうつむいて、視線から逃げたら？」

「うん、わかった。やってみる」

「謝罪は先手必勝だよ。怒られたり言われたりする前に謝っちゃえば、相手は強く出られないよ」

智は勇気が出るように微笑みを送ると、麻子の目に熱がこもった。

「あ、あとね。お父さんが会いたいって」

麻子は温かく微笑みを返すと、智の顔が凍りついた。


同棲の準備として部屋の掃除をしていた智に、麻子から電話が掛かってきた。

「どうしたの？」

『あのね…謝らないといけないことがあるの』

智の想像は膨らみ、はち切れそうになって冷や汗が流れた。

『自分で自分を傷付けちゃいました』

申し訳ないというより、恥ずかしそうに言った。落ち着いた様子だから大丈夫だろうと思った。

しかし翌日、麻子と病院に行った際に、自傷行為の直後に電話を掛けたと聞かされた。知らないうちに眠り、気付いたときには部屋に刃物が散乱していたのだという。智は判断の甘さを後悔した。

その夜は麻子の父親と会う約束があった。母親は、麻子が高校生の頃に病気で亡くなっている。

麻子の父はダンディーを形にしたようなエンジニアで、智は大人の余裕に圧倒された。麻子は手首が見えない服を着て、普段通りに振る舞っていたが、智は緊張して凝り固まっておりなかなか口を開けず、麻子に煽られながら必死の思いで同棲の許可を願い出た。

「麻子さんと結婚を前提に同棲をしたいのですが、宜しいでしょうか！」

「いいよ」拍子抜けするほどあっさり許しが出た。

智の親への挨拶に至っては、一日がかりだった。硬い表情をした父、期待に胸を躍らせている母、ひょうひょうとした兄を前に、智は笑い出しそうなくらい緊張していた。

父が黙ってうなずいたことで同棲の許可は出たものの、智のふがいなさに麻子は呆れきっていた。

それからというもの、ふたりで会うたびに新居を探しに回った。

しかし麻子の薬が次第に強いものになっていった。食後に睡魔が襲い、覚醒中もどこか朦朧としているようで、頭の働きが悪かった。

「ラジオでよく流れている不動産屋さんに行きたいの」

麻子は地元ＦＭ局のヘビーリスナーだった。

「なんていうところ？」

「それがわからないの」

智の頭に血が上った。イライラしながら名前がわからない不動産屋を探して街をさ迷い歩き、検索してようやく見つかった。

今にも泣きそうな麻子と、血の気が引き青ざめた智を、不動産屋のスタッフが笑顔で出迎えた。覗くだけのつもりが、気になる物件を見ていくうちに平静を取り戻し、賃貸よりも資産になる持家、車がないなら一戸建てよりマンション、などと話をするうち内覧することになった。

内覧した物件のひとつが、智の通勤経路上にある中古マンションだった。最寄駅まで徒歩五分、商店街の近隣でスーパーも点在している。乗務区まで徒歩二十分である。

麻子が智の決断を期待していた。智は、貯えた葬式代を使えば諸経費が出せると考えた。更に決算が近いからという理由で、内覧中に百万円安くなった。

「ねぇ…」

「決めました！　ここにします」

智は借金嫌いで、クレジットカードさえ持っていなかった。当然借り入れなど一円もなく、勤め先の信用もあったので、住宅ローンの審査は問題なく通るだろう。そして智は毎週、不動産の手続きに追われることになるのだ。


引っ越しが差し迫った四月末、午後からの乗務に備え出勤準備をしていた智に、父が「車で送っていくよ」と言った。いい歳なんだから、と先輩から苦言を呈されており、父の送迎は断り続けていたが、突然の提案を受け入れることにした。

父は車を乗務区ではなく高台の、閑静な住宅街の方へと走らせた。

そして、ある公園に着いた。

大手メーカー社長の旧宅を改修した、最近できたばかりの公園で、満開の八重桜が空を埋め尽くしていた。初めて見る景色を写メし、麻子に送った。

「ありがとう」「ああ…うん、じゃあ行こうか」

寡黙で不器用な父の贈り物に、智の胸が熱くなった。

4・薬

同棲を始めてからも、麻子の症状は悪いままだった。食欲がなく、意欲もなく、疲れやすく、自殺を軽くほのめかした。仕事ができる状態ではなく、智の預金を切り崩して生活していた。智は苛立ち、不安に駆られていた。

麻子も、智が寡黙でメール不精であることに苛立っていた。またダイヤ乱れで帰宅が遅くなる際、連絡が来ないことにも不満を抱いていた。乗務中は携帯電話所持禁止だと言われても、連絡のひとつもできないのかと、言い争うことがしばしばあった。

似た者同士ではあったが、同じではない。一緒に暮らしてみると個性が主張し合い、日に日に相手の考えていることが、わからなくなっていた。

ある日、乗務区の近くにあるラーメン屋が美味しいから、寄っていこうと智が提案した。

適当で豪快な店主と、しっかり者で穏やかな奥さんで営んでいるカウンターだけの店で、鶏ガラスープが自慢のラーメン屋なのだが、失敗したから焼き直したと言って餃子が倍出てくる、半チャーハンがどう見ても大盛り、レバニラ定食を頼むと「ホタルイカあるけど、入れる?」と聞いてくるなど、来るたびに笑わせてくれた。ちなみに何故ラーメン屋にホタルイカがあるのかは誰にもわからない。

しばしば保健所から怒られているという噂も聞く。店の裏で野良猫を世話しており、子猫を店内に連れてきて里親に渡したりと、衛生観念が欠けていることが唯一の欠点だった。

この楽天的な店主と話したことをきっかけに、ふたりは歩み寄ることができた。麻子は体調を回復させ、就職活動を始めることができた。人手不足なので、面接で問題を指摘されなければ合格は間違いなかった。

麻子の回復ぶりに森口先生は喜び「子供が欲しくなったら、薬を見直すので相談してください」と言って笑った。

商店街では、いつも仲睦まじく手をつないで買い物をしている智と麻子の姿は有名になっていた。馴染みの店を麻子が作り、内気な智の世界が開拓されていった。

七夕の夜、店主から子猫を引き取った。麻子は医療従事者の意地なのか、一番痩せている猫を選んだ。ヒコと名付けたが、病気にかかっており、もらったときにはもう手遅れで、五日後には本当に星になってしまった。ふたりで見上げた夜空は滲んでいて、ヒコ星が探せなかった。

翌早朝、ラーメン屋そばの植え込みに穴を掘っている麻子の姿があった。不審に思った近所のおじさんが声を掛けた。

「…何やってるの？」

「…穴掘ってるんです」

人目を盗んで、花の種と一緒にヒコを埋葬した。

店主に報告すると、ラーメンと激励をいただいた。穴を掘る麻子の噂を聞いた店主が、近所の人に経緯を話してくれたそうだ。

麻子はあきらめきれず、翌日に里親募集している子猫をもらった。

帰宅した智に「のこちゃんだよ」と言って子猫を見せる麻子の腕には包帯が巻かれていた。子猫を引き取りに向かう道すがら、一方通行を逆走してきた自動車に肘をぶつけられ、病院の内々定がなくなった。

麻子は借金を完済し、出会ってから十か月、同棲を始めて三か月、夏の盛りにふたりは結婚した。あの秋の日に行った海に向かったが、再び襲った生活の不安から、ぎすぎすした空気だった。ふたりをつなぎとめているのは、のこだった。猫は鎹《かすがい》である。

麻子が　寂しい　疲れた　死にたい　ひとりで大丈夫だよね？　と言うようになった。仕事の間に麻子が自殺しているのではと思うと、気が気じゃなかった。仕事を終えて不安に背中を押されるように急いで帰宅すると、麻子は寝ていた。声を掛けても無表情で「わからない」としか答えなかった。

智も麻子も、どうすればいいかわからなかった。

麻子の友達が福島から遊びに来た。過食の症状が出ており、際限なく食べようとする麻子をふたりで止めた。そして福島に帰る日、麻子の些細な行動に気分を害したそうで、それを察してから怯えたまま帰宅した。それを智に一通り話すと、目の前でリストカットを始めた。

「ダメダメダメダメダメ！」カッターナイフを取り上げて、刃物をすべて目に付かないところに隠し、タクシーで病院に向かった。

智は、麻子が出掛ける目的を行く先々で増やすことが不満だった。当初の予定は玉突き式に後回しにされ、閉店時間などにより当初の目的が果たせず、次の休みの予定にされることがしばしばあった。

今日も予定が増えて遅くなったため、当初の目的だった店が閉店してしまった。麻子の買い物が終わるのを待っている智は、またか…と落胆した。待たされている時間、疲労による怒り、トイレと煙草の欲求が我慢できず、麻子に黙ってトイレに行き煙草を吸った。

戻ってくると、麻子は恐ろしく怯えていた。

智が会社から帰ると、麻子が果物ナイフでリストカットしていた。刃物を取り上げ、圧迫止血した。幸いにも傷口は浅かった。

「病院に行こう」「嫌だ」「病院に行こう」「嫌だ」

麻子は、晩御飯まだでしょう？　と言った。

家事修業中の智は、麻子の指示で夕食を作った。

食べ終えると気力が出たようで、圧迫止血したまま電車で病院に向かった。

「介護休暇は使えないのかな？」

そう言ったのは、周りから疎まれていたベテランの運転士だった。真面目だが変人扱いされてしまい、それを知って変人を演じるようになった。うつ病を装っており、周りもとうとうおかしくなったと噂していたが、智は演技だと気付いていた。智には心を開いており詐病《さびょう》を告白したが、それには何か理由があるのだと思い、周りには黙っていた。

身体または精神の疾患により、日常生活に支障を来している家族を介護するための休暇。

要介護認定が確認できる診断書と、続柄のわかる証明書を、介護休職を始める一週間前に会社に提出し、同時に介護終了日も申告する。介護休職中は給与は支給されず、昇進は疾病休暇に準ずる。

給料は出ず、出世も遅れるのか…そもそもハードルが高すぎる。介護認定される精神疾患は、精神病院に入院するレベルだ。麻子の症状は悪いが、適用外である。簡単に使える看護休暇があればいいのに…と、智は溜息をつく外なかった。

「解離が悪化しています。無意識の状態でリストカットして、最悪の場合そのまま死んでしまうかもしれません」

森口先生の表情は硬かった。このころには、智にも解離というものが何となくわかっていた。無意識または別人格で行動してしまい、その記憶が一切残らないのだ。麻子のリストカットも、そうだった。

「旦那さん、必ず誰かがそばにいる状態にしてください。万が一に備えて、病床を持った精神病院を近所で探してください」

麻子の緊迫した状態に、明日一日だけでもそばにいないと…そう思った智は乗務区へ相談に向かった。

「兆候があっただろ！　もっと早く言ってくれなきゃ！　明日の勤務を埋めるのだって…」

勤務表をペンで叩きながら声を荒げる助役に、智は業火のような怒りがこみ上げた。人殺し、と言おうと思ったそのとき、トラブルを知らせる無線が入り、別の助役が話を聞くことになった。

親身に聞いてくれた。しかし、それはそれでつらいことだった。翌日の勤務は休みになったが、帰宅すると電話が掛かってきた。

「奥さんを心配しているお前がミスしないか心配だ、一週間休んだらどうだ?」

同棲を始めて、一年が経った。

智は宿泊勤務だったのだが、仮眠室のベッドが硬く、近隣からの騒音も激しかったため、一睡もできず非番を迎えて帰宅した。

昼寝から起きると、商店街の馴染みの八百屋に卵を取り置きしてもらっているから、取りに行こうと麻子が言った。

しかし立っていられないほどフラフラしていた。

「取ってくるから休んでいなよ」「行く」「危ないって」「行く」

いくら止めても聞かず、手をつないで支えていれば何とか歩けるようになったので、卵を取りに行った。階段で転び、壊れた髪留めは三十分掛かっても直せず、目は虚ろになっていって、うわごとを繰り返し、八百屋の前で倒れかけた。

無駄を承知で、八百屋の奥さんと一緒に隣の内科クリニックに連れて行ったが「心療内科はやっていません、掛かりつけの心療内科に電話したらどうですか」と断られた。

「魚屋さんがマリネを作っていたから、買うの」「私、躁うつ病で解離なの」などのうわごとを繰り返す麻子を、智と八百屋の奥さんが家に連れて帰り、寝かせた。目覚めた麻子から、智が昼寝している間、自殺するために睡眠薬を五十錠飲んだと聞かされた。

人目が気になる、と智は言った。運転士と一緒に挨拶をしても、運転士には笑顔なのに、自分に対しては真顔なんだ、と。仕事中、頭重感があって頭痛薬に頼るようになっていた。

麻子は「先輩に相談した方がいいよ」と言った。智の頭からは、父の「ふたり一緒に精神的に病んだらどうするんだ」という言葉が離れなかった。

その四日後、乗務区で出勤点呼の準備をする運転士を待っている智の四肢は震えていた。朝起きたときは何ともなかったが、乗務区に近付くにつれ頭重感と吐き気が強くなっていき、今に至っている。通りすがりの石見《いわみ》主任が、智の様子がおかしいことに気付き、声を掛けた。

「寒いのか?」

「いえ、震えが止まらないんです」

「風邪か？　熱は？」

インフルエンザ蔓延《まんえん》防止のため、出社時に体温を測っていた。

「三四・九度です」

「薬は飲んだのか？」

「整腸剤と市販の葛根湯です」

麻子を心配しながら乗務する日々、麻子の症状悪化と交通事故の影響で働けない金銭的な不安、また全額自己負担のリストカットの治療費、じわじわと逼迫する家計。智の心は削がれるように蝕まれ、とうとう限界に達していた。

病院に行くよう指示を受け、近所の内科クリニックに行き症状を話すと神経症と診断され、向精神薬を処方された。先日、麻子の診察を断ったクリニックとは別のところだが、内科で向精神薬が処方されたことに驚いた。そして父に負けたと思った。

乗務区に報告すると、翌日に区長と面談することになった。経緯を説明し、薬を飲めば落ち着くこと、眠気も出ないことを伝えたが、向精神薬を服用している期間は乗務できないと言われた。帝急乗務員は十日休むと、一日教習しなければ乗務できない決まりになっていた。迷惑が掛かるから教習を避けたいと思った智は、区長と交渉した末、薬が処方された八日間を休みにしてもらった。

二度目の面談が五日後にあった。気分や頭重感、吐き気の症状が改善したので復帰させてほしい、と願い出たが「どんな状態であれ向精神薬を服用している以上、乗務させられない」と断られた。

智は勝負に出た。

「今から診察に行って、向精神薬を中断する許可をもらえば復帰できますか？」

力強い物言いに、助役は狼狽した。

「そりゃあ、そうだけど…」

面談を終えた智は内科クリニックを受診し、精神状態を伝え、向精神薬中断の許可と、その診断書をもらって再び乗務区に向かった。

「向精神薬中断の許可をいただきました。こちらが診断書です」

勝ち取った。そう思っていたが、助役は残念そうな顔をしていた。

「悪いなぁ、ずっと勤務から外していたんだよ。五日後に机上教習、その翌日から技能講習だ」

智は四年ぶり二回目の車掌教習を受けることになった。

5・震え

麻子の交通事故の件が解決した。専業主婦という扱いで慰謝料が支払われ、ほぼ同時に病院の再就職が決まり、救急外来の当直専属として働くことになった。

地元では誰もが知る有名な病院だったが、ふたを開けてみると、野戦病院のようなところだった。

当直明けの麻子から「死にたい」と書かれたメールが届いた。

飛んで帰った智は、麻子が自傷行為をしていないことに胸を撫で下ろし、職場の話を聞いた。

救急外来当直専属の怖い看護師と組むと、精神的負担になることを師長に相談したのだが、

「うつ病は病気じゃない。病気だからと甘えないで頑張りなさい」

「他の看護師から『仕事ができると思っていたけど期待外れだった。指示をしないと

動かないし、三日で仕事を忘れる』という評判」

「来月一か月は様子を見て、場合によっては日勤を増やす」

という回答で、気持ちが落ち込んでしまった。

智には麻子の仕事ぶりはわからないが、おっとりした性格なので野戦病院は合わないのだろうと思った。何より師長の言葉に、腸《はらわた》が煮えくり返った。

「医療従事者だろう？　そんなひどいことを言う上司がいるところで、働かなくたっていいよ」

「私も辞めるって言ったんだけど、辞めさせてくれないの…」

智の神経症が再発して帰った直後、組む予定だった若松運転士が周りから「あいつの震えは、お前のせいか！」と責められ、結構な騒ぎになったようだ。普段から世話になっており、食事や遊びに誘われたこともあるし、恐ろしさや恨みもないと上司に申告している。

「お前のせいで、ひどい目にあったよ。周りからすげぇ怒られるし」

「すみません、そういう理由じゃないんですけど…」

「また手ぇブルブル震えさせたろうか！」

冗談めかして言っていたが、智の震えを何だと思ったのだろうか。すると石見主任が若松運転士を呼び出し、ひとことふたこと言って平謝りさせていた。そして智の元に行き、眉をひそめながら言った。

「あいつ、ひどいなぁ。言っておいたからよ」


麻子が退職願を提出すると、師長は本気だったのかと驚いていた。人が足りないので辞められると困るから、日勤を増やすか異動するか提案された。

しかし麻子にとっては、会社の看護観との隔たりが最大のネックだった。仕事は好きだが、会社が嫌いなのだ。

一か月後、麻子が会社に行きたくないと言った。その様子から、うつ病が悪化しているようで、無理に送り出すのは危険に思えた。

「一緒に働くメンバーが良くても、会社が嫌で、怖い！　看護師を長年やってきて、初めて楽しいと思えなかった！　会社に行くくらいなら死ぬ！」

号泣しながら訴える麻子に、もう無理だとしか思えなかった。

病状が悪化したので会社に行きたくないことを、智が電話した。心が萎れていくのがわかった。

とうとう会社が音を上げて、退職届は受理された。

麻子は派遣看護師として働くことにした。

派遣看護師の仕事は順調だった。制服持参なので毎回、大荷物で出退勤する苦労はあったが、あらゆる職場を回るので見聞が広まる上、正職ならではの面倒な人間関係もない。行った先で「このまま正職になっちゃいなよ」と言われたりもした。

一方智は、神経症から復帰する際の教習で作業を見つめなおしたことが、乗務において非常に役立っていた。会計の仕事は、幹事として長年のキャリアがあった麻子の協力もあって順調だった。年上で先輩の運転士班の会計に仕事を教えることや、場を盛り上げるのに先輩が協力してくれることもあった。班にとって欠かせない人物のひとりになっていた。

ふたりの生活が、やっと軌道に乗ってきたと感じた。

朝六時過ぎから乗っては降り乗っては降りを繰り返し、昼を過ぎても昼食が摂れるような長い休憩がなく、そろそろ十五時になろうというところだった。この列車を降りれば、四十分の休憩がある。そこでようやく昼食だ。

地下トンネルを走行中の列車は、ゴンゴンと音を立てながら左右に揺れ始めた。智は、あのポンコツ電車みたいだ、どうしたのかと思っていた。

『地震だね』運転士から連絡があった。

「あ、地震ですか」すると無線から地震発生が伝えられた。ふたりとも、驚くほど落ち着いていた。件のポンコツ電車のせいで、走行中の揺れに対して麻痺しているようだった。

『駅が見えるんだ、とりあえず止めて抑止だな』

「本当ですか？　了解しました」

運転士からの吉報に智は安堵し、車内放送を実施した。

「お客様にお知らせいたします。只今、地震が発生しておりますが、この列車は間もなく稲荷橋《いなりばし》駅に到着します。地震の震度と安全確認終了まで稲荷橋駅で停車させていただきます。繰り返します…」

『ジリジリジリ！　…』

連絡マイク越しにATSのベル鳴動音が聞こえ、非常ブレーキが掛かった。電源が遮断されたことを知らせるブザーが鳴動し空調は停止、客室の照明は予備灯一本を残して消灯した。列車は非常ブレーキのままトンネル内に急停車した。

何が起きたんだ。なぜ停電したんだ。駅までの距離は、あとどれくらいなんだ。智は、乗務員室の側窓から列車が脱線していないか確認した。

傾いて止まった車両はなく、すべての車輪がレールの上に載っている様子で美しく、落ち着きを取り戻すことができた。

「今、側面を見たんですけど、脱線はしていませんね」

『おーありがとう。こっちはね、一応ホームに掛かっているんだ』

再度確認すると停電した地下駅が見え、智は冷静さを取り戻していった。パンタグラフが降下していることも確認できた。

「お客様にお知らせいたします。現在、地震による停電のため停車しております。この列車の前寄り車両が稲荷橋駅に掛かっていますが、駅構内の安全確認がとれておりません。ご迷惑をお掛けいたしますが、安全確認終了まで今しばらくお待ちくださ い」

司令所の動揺が、静まり返った無線から伝わった。しばらくして震度六という連絡があった。運転してはならない震度であり、選択肢は避難誘導一択だった。

未経験の規模だが、これだけの地震なのだから余震があるのではないか。智がそう思ったとき、再び暴力的な動揺が襲った。ガシャンガシャンと音を立てながら左右に限界まで振られる電車は、今にも横転するのではないかと思わせた。

「お客様にお願いいたします。再び余震が来る可能性があります。事故防止のため、網棚の荷物は足元へと下ろしていただけますようお願いします」

もっと早く気付くんだった、もっと早く放送するんだった。そう智が悔やんでいるとき、運転士から連絡があった。

『今、駅員さんが来て、トイレに行きたい人とか案内するってさ』

「ありがとうございます、放送します」

気持ちを切り替え、放送内容を頭で整理してからマイクを握った。

「お客様にお知らせいたします。只今も駅構内の安全確認がとれておりません。ご迷惑、ご心配をお掛けしておりますことを、お詫び申し上げます。なお、お近くに体調の優れない方は、いらっしゃいませんでしょうか。トイレなど、体調の優れないお客様は先頭車両から駅係員がご案内いたします。お手数ですが先頭車両までお越しください」

列車が停止して三十分が経過したが、避難誘導の指示はなかった。

「…新しい情報が入り次第、放送でお伝えします。繰り返しのお知らせで申し訳ございません…」

智は、この放送を何度繰り返したことだろうか。

『まだ入庫処置できないのかなー、空気も電池もなくなっちゃうよ』

電源が断たれているので蓄電池への充電もできず、空気圧縮機も動作しない。蓄電池が切れると予備灯が消え、放送も連絡マイクも無線も使えなくなる。パンタグラフを上げるときには、電車の屋根に上らなければならない。またブレーキシリンダの空気は少しずつ抜けるので、何もしなければ、わずかな勾配などをきっかけにして電車はどこまでも転がって行ってしまう。そうなる前に旅客を避難誘導し、蓄電池のスイッチを切り、車輪に車留めを噛まさなければいけなかった。

そのとき、避難誘導の指示が出た。小躍りしそうになるのを堪えつつ、智が旅客を前へ前へと誘導し、運転士が駅員とともに駅出口へと案内した。旅客の降車が完了し、運転士の入庫処置が終わると、駅員がふたりを駅事務室へと案内した。

駅の電話で乗務区に連絡した後、家族に連絡を試みた。運転士は、すぐに連絡が取れたようだ。智も母と連絡が取れ、両親とも無事が確認できた。しかし麻子とは連絡が取れなかった。

麻子は都内の病院に出勤しているはずだった。何度も何度も電話を掛けた。

すると駅員が、災害時はこっちの方が繋がりやすいはずと言って、携帯電話を貸した。


『…もしもし？』知らない電話番号の不安が伝わる声だった。

「ああ！　良かった、智です。大丈夫？　怪我とかしてない？」

『智君？　今、どこなの？』そう聞く麻子の声は明るく、それだけで無事がわかった。

「稲荷橋の駅だよ。停電しちゃって当分、電車が動かないよ」

『線路を歩いて東大井駅に着いたんだけど、派遣会社に電話したら渋谷の事務所に来いって。電車が動いていないから、歩いて行く』

かなりの距離があるので、耳を疑った。すべてが混乱していることだけはわかった。智は「気をつけて」としか言えなかった。

津波が来るかもしれない、トンネルの水門を閉めるかもしれない、と駅員が言った。智は「東京湾ですよ？　津波なんて来ますか？」と言ったが、駅員も運転士も顔を青くして「いやいや、来る来る」と返した。結局、水門を閉めるような指示は来なかった。

十九時になって、交流電源が復旧した。駅舎の照明がすべて点灯し、今までどれだけ明るい中で日常を過ごしていたのかを痛感した。しかし直流電源が復旧しない限り、電車を動かすことができない。

「テレビ見よう、テレビ」

画面には、燃え盛るコンビナートが映っていた。震源はわからず、やはり混乱だけが放送されていた。

稲荷橋駅の周辺には食料を調達できるような店はなく、乗務区に連絡して隣の六間《ろっけん》掘《ぼり》駅まで歩くことにした。

稲荷橋駅からすぐに始まる坂を登りきると駅が見えた。駅前には踏切を跨ぐ商店街がある。その踏切はパンタグラフを下ろした電車に塞がれていた。

駅舎に行くと、ハンバーガーが山積みになっていた。地震が発生してすぐ、駅員がハンバーガーショップに走って買えるだけ買ったのだという。ここで止まった列車の乗務員が、俺たちは食べたから好きなだけ食え、と言って勧めた。ようやくの昼食だった。

智たちはその姿を見ることができなかったが、保線区員がすべての線路を歩いて安全確認を行っているそうだ。電力区員はすべての電力設備、通信区員はすべての信号機を点検しているに違いない。地震で倒れた信号機があるらしい、という話も聞いた。

二十二時、直流電源が復旧すると聞き、稲荷橋駅に戻ることにした。

六間掘の駅員に礼を言って、列車に向かった。運転士が車留めを外し、蓄電池のスイッチを入れ、パンタグラフを上昇させた。パンタグラフが架線に接触する音、空気圧縮機が動作する音、運転士のブレーキ試験、ひとつひとつの電車の音が智の胸を躍らせた。

二十三時四十分、時速十五キロ以下、全列車回送で運転再開。

保線係員が歩いて安全だと確認した線路が、電車の重みや振動で陥没するかもしれない、橋が落ちるかもしれない、信号機や鉄塔が倒れるかもしれない。安全の最終確認をしながらの運転は、命懸けだった。

折り返し駅で交代し乗務員控室に向かうと、乗務員が二組いた。寝室はおろか布団もない部屋で一泊して翌朝、すし詰めの一番列車の乗務員室にすし詰めで便乗して六時四十分に帰区、被災時の状況を報告書に記入して提出し、ようやく猫の無事を確認しに帰ることができた。

２０１１年3月11日のことだった。

6・変化

震災から一か月ほどが経過した。節電や自粛ムード、原発の不安が日本中を覆っていた。帝急の乗務員には、俺たちは福島の電気で食っていたんだ、という罪の意識があった。

会社としても節電に取り組まなければならなかった。

他社同様の間引き運転はもちろん、冷房は半分の出力で使用するよう指示され、その後に冷房温度が二度上げられた。運転士は一旦加速したら停車駅が近付くまで、可能な限り惰行で走行する節電運転を指示された。トンネルがない区間では客室の照明を消灯するような指示もあった。意外に思うかもしれないが、これが乗務員には多大な負担になった。うっかり消灯したままトンネルに進入してしまったりもした。

「加速とか空調とか、大きい電気なら節電効果もあるけど、室内灯を切っても節電効果はないよ」

「インバータなら節電効果があるけど、いつもフル回転の電動発電機じゃ、入り切りしても意味がないよ」

車両に詳しい運転士の意見を聞いて、誰のための消灯なのか、智にはわからなくなった。

「智、助役さんが呼んでるぞ」

言われてすぐさま助役の下へ向かうと、アナウンスコンクールの案内状を渡された。各乗務区から三名ずつの出場で、そこには智の名前もあった。

乗務区では月に一度、月例教習を行う。区長、助役、主任それぞれの講話や伝達などを聞き、組合や各委員会からの報告を受ける。そのうち二か月に一度、車庫の電車を借りて異常時の取り扱いなどの実習も行うのだが、前回の実習は車掌はアナウンスコンクールに向けた車内放送の録音だった。

アナウンスコンクールは不定期に行われており、前回は三年前に行われたが、選抜メンバーによる参加で智は選ばれなかった。今回は車掌全員が対象で、乗務員が採点をした。

「あとな、震災のときの放送が良かったって、お客様からお褒めの言葉を頂いたんだ。月例教習のときに乗務区褒賞を渡すからな」

智にとって初めての褒賞だった。以前、放送のお褒めをいただいた際「沿線に親戚でもいるのか?」という助役の冗談に「伯母がいます」と正直に答えたら、話がなくなった。

帰宅して麻子にそれを伝えると、手放しで喜んだ。しかし褒賞については、震災の被害を思うと複雑な気分だった。

「アナコンはいつなの?」

「えっと…六月だって」

コンクール入賞者で、アナウンス委員会を結成するという噂もあった。狭き門であっても現業から出世するチャンスがあることは、モチベーションアップのために必要と感じていた智にとって、朗報だった。

また出場者は智の同期ばかりだった。終わったら小さな同期会をやってもいいな、と思い笑みがこぼれた。

飲み会で思い出した。今月の月例教習後、運転士教習に入る後輩の送別会、他班から異動してきた新班長の歓迎会があったのだ。歓送迎会費用の他、後輩への班費払い戻し、新班長からの班費受領の計算もしなければいけなかった。

「そっか、大変だね」

「でも歓送迎会の店は押さえてあるから、あとは計算するだけだよ」

智は、慣れたものだという顔をした。

「来年の九月には指導者の資格を得るから、頑張らないとね」

帝急では独立乗務後、運転士は満十年、車掌は満六年で指導者の資格を得る。今まで智の先輩三人がぐるぐると交代で車掌教習生を指導しており、資格がないのだから仕方ないにしても、申し訳ない気分でいた。そしてようやく師匠の仕事を継げるのだと思うと、気が引き締まった。

「体が乗務員生活に慣れてきたのかな？　最近、目覚ましが鳴る直前に目が覚めるんだよ」

「そうなんだ」麻子は少し驚いていた。

「バイトのとき、家でも駅でも同じ時間に起きちゃうって言う主任がいて、その人に近付いてきたのかなぁ」

智は順風満帆、という言葉に一分の疑いもしていなかった。麻子はというと、智の早起きに怪訝な顔をしていた。

午前三時、智は布団から起き上がった。今日は宿泊勤務なので昼過ぎに起きてもよかったのだが、覚醒してしまい、もう一度眠ることはできそうになく、ただただぼんやりと時間をやり過ごすことしかできなかった。

宿泊勤務明け、非番で月例教習があり、その後に歓送迎会があった。しかし班費の計算は何度取り組んでもできず、今日を迎えてしまった。

智の気配を察して、麻子が起きた。目覚ましよりもはるかに早く起きたことを聞き、怪訝な顔をした。

昼になっても食欲が湧かず、本を読んで出勤時間を待っていた。

麻子は心療内科受診のため昼過ぎに家を出る予定だったが、智が食事を摂る気配がないことに苛立っていた。

「お昼ごはん食べて！」「食べるよ」「私の目の前で食べて！」

目を潤ませ、か細い声を出す智はまるで子供だった。食事しているところを見るまで家を出ない、と言った麻子に押されて、泣きそうになりながら食事を摂った。

麻子が家を出てから、智は布団で横になった。そうすることしかできなかったのだ。頭痛の苦しさに奇声を上げ、のたうちまわり、頭痛薬を飲み、再び横になった。呼吸は荒く、何ひとつ考えることができなかった。のこが遠くから心配そうに覗いていた。

出勤直前、麻子から電話があった。

『具合はどう？』

「頭痛薬を飲んだら軽くなったから、行くよ」

智の声には張りがなく、疲弊しているようだった。

『無理しないで会社休んだら？』

「明日、歓送迎会があるから休めないよ」

『…そっか…気を付けて行ってね』

足取りは重かった。立ち止まってはいけないと、自分に鞭を打つように歩いた。乗務区に隣接する車庫では、夕方ラッシュに備え、せわしなく往来している帝急電車が見えた。

電車にしがみついて生きているなぁ…。

空白の脳裏に浮かんだ言葉は、それだけだった。

出勤してから再び頭痛に苦しめられた。ロッカーでは、なかなか着替えが進まない。最近ひどく疲れやすく、着替えに時間が掛かるようになり、帰宅時間が遅くなっていた。

乗務区控室へ向かい、手帳を書き、アルコールチェックをし、出勤簿に捺印を済ませて、あとは運転士が来るのを待つだけなのだが、長時間に亘る頭痛と倦怠感に耐えかねて、全身を弛緩させていた。

見かねた先輩が声を掛けた。

「お前、調子悪いのか？」

「いえ、頭痛があるんですけど、薬を飲んだので」

「無理しないで帰りなよ」

「いえ、乗ります。仕事します」

「仕事する意志があるなら、だるそうにするんじゃねぇよ！」

今日のパートナー、若松運転士だった。前回と同じパートナーで発症だなんて、変な誤解を生むじゃないかと、苦々しく思った。

多数の先輩に帰れ帰れと言われて、智は助役に頭痛があることを申告した。通常であれば、ダイヤ乱れや体調不良に備えて待機している予備勤務に、仕業を引き継いで帰される。しかし助役は、智の様子がおかしいと判断して、事務所で事情を聴くことにした。

智は事務所食堂で号泣し、情緒不安定で頭痛があることを訴えた。

「何も泣かなくても…」

「これ以上、神経症で皆さんに迷惑を掛けたくありません、もう車掌から降ろしてください！」

「神経症が再発する原因で、思い当たることはないか？」

そう言われた智の頭には何ひとつ思い浮かばず、真っ白だった。順風満帆を疑っていないのだから。

面談中、ずっと泣いている智に、しばらく休めと助役は告げた。

歓送迎会を車掌班の若手に託し、のろのろとロッカーに向かうと、若松運転士が智を追いかけ、満面の笑みで言い放った。

「前回も俺がパートナーだったね」

「いや、違う…」

「そんなに俺と組みたくなかったんだ、わかったよ」

「いや、そうじゃ…」

出場時間になり、若松運転士は控室に戻って行った。智は、間の悪さを恨むしかなかった。

今日も着替えに時間が掛かりそうだ。

7・解離

麻子に連れられて森口先生の診察を受けた。うつ状態と診断されて落胆する智に、森口先生は「死なないでください」と声を掛けた。

「ところで、どちらにお勤めなんですか？」

「帝急です」

智の一言に、森口先生は興奮を隠せないでいた。医大で鉄道研究部に所属していたそうで、そういえばこのクリニックも電車の音が聞こえるほど線路に近い。続けて受診した麻子に、森口先生は開口一番「旦那さん、帝急の車掌さんなんだね！」と興奮気味に言った。

「今まで頑張っていたんだから、夏休みだと思ってゆっくりしたら？」

麻子の言葉に、智は前向きになれた。向精神薬を飲めば精神状態は安定するし、よく眠れた。後ろめたさがあるから帝急には乗りたくなかったが、出掛けることもできた。

この休職期間は、智が持っていた三か月分の保存休暇で消化することになった。手当がないので金額は少ないものの、給与が出た。

「ネットで調べたら、早ければ三か月で良くなるみたいだから…。ちょっと長いけど、そのつもりでいようかな」

休職に入って一か月後の七月、区長に連れられて本社に向かった。管理との面談である。初めて本社に入るのだが、古いビルに最新のセキュリティが敷かれており驚かされた。

「仕事に対して興味も意欲もなかったのですが、妻に諭されて二錠になっていた薬を一錠に、最終的には向精神薬を飲まないように、また不安感に立ち向かい、最終的には乗務区であろうと、異動しようと、社会復帰することに目標を定めました」

智はハキハキと言ったが、管理職員は無表情で淡々と答えた。

「今の状態のあなたを引き取れる部署は、どこにもありません。引き続き自宅療養に励んでください」

智は呆気にとられた。当たり前の回答だったが、ショックだった。「うつ状態になった原因は何ですか?」という質問に、わからないとしか答えられなかった。

智の神経症、麻子の療養のために休んだことについても質問され、自宅療養に励んでください、という結論で面談は終了した。


九月、智の復帰は叶わなかった。持っていた休暇を使い切り欠勤扱いになったので、傷病手当金の申請をしたが、支払われるまでに一か月から三か月ほど掛かるらしい。支給されることは間違いないのだが、それがいつからなのか、まるでわからなかった。

時折、過去の恥ずかしかったことが突如として思い出され、赤面したり情けなくなったりすることがあった。

死に対する興味も湧き、インターネットで「自殺」や「夭折」を検索し、うつ病が原因で自殺したと考えられている著名人について調べた。

どちらも、うつ病の症状だった。

そんな折、駅アルバイト時代の弟子が、智を食事に誘ってきた。向精神薬を服用している智はアルコールを口にできなかったが、元々下戸なので大して気にならなかった。

鉄道趣味の話に始まり、お互いの仕事の話などで盛り上がった。

笑い上戸の弟子と別れ、麻子にメールを送ってから駅に向かうと、売店が洋菓子店になっていることに気付いた。留守番している麻子への土産にチーズケーキを買い、そのことをメールして帰宅した。

「ただいま、ケーキ買ってきたよ」という弾んだ声に反応がなく、奥へと進むと麻子が背中を向けて座っていた。

カッターナイフを当てた手首が赤黒く染まり、床には血だまりができていた。

「麻子！　麻子！　麻子！」と何度名前を呼んでも反応がない。明らかに解離性症候群の症状だった。

虚ろな表情で智を見上げた。

「お帰り」「どうしたの？」「何が？」

麻子が病院に行こうと言ったので電話を掛け、タクシーを拾って向かった。

処置後、一通目のメールは覚えていたが、五分後に送ったケーキのメールは覚えていない、と麻子が言った。わずか五分の間に解離の症状が出たのかと思い、智は愕然とした。

　麻子の症状が悪化する原因はわかっていた。派遣先の老人保健福祉施設で苦情が多く、解雇されていたのだ。智も三か月で復帰できなかった焦りで、麻子に冷たくしてしまうことがあった。

　精神疾患は自分だけではないのだ、智は後悔に苛まれた。


　智の元に、数年間音信不通だった友人から連絡があった。翌日に会う約束をして、それを麻子に伝えると意外そうな顔をした。

　ふたりの記念日で、仕事でなければ一緒に過ごす約束をしていた。智は呆然とした。空白の頭で、忘れたとしか言い訳できず、ついには奇声をあげて暴れだした。

「嫌いになったの？」という麻子に、智は涙を溢れさせた。

「この前リストカットしたばかりだから、心配したんだよ。生きていれば、それでいいよ」

　その友人は以前、ガラス工場で働いていた。聞いていた仕事とは全く違う社外秘の仕事を任されていたそうで、その製品をこっそり見せてもらったことがあった。独り暮らしをしていたが、気付いたときには精神病院のベッドで、最近退院できたのだと言う。

生きていてくれて、本当に嬉しかった。

友人と別れて携帯電話を確認すると、麻子からの着信があったことに気付いた。すぐに電話を掛けるが、一向に出る気配がなかった。

帰宅すると、麻子が手首にタオルを巻いて寝ていた。

布団は血だらけで、ごみ箱には真っ赤に染まった大量のティッシュとカッターナイフが捨ててあった。

病院に電話を掛け、連れて行こうとしたが、麻子は気持ち悪いと言って玄関で横になってしまった。智はどうすればいいかわからず、SNSに答えを求めたところで麻子が起き上がり、タクシーで病院に向かうことができた。

一時に着いた病院は、結婚してから麻子が最初に勤めた野戦病院だった。先に数台の救急車が止まっていて、嫌な予感がした。そこは麻子が話していた通りの光景だった。

ロビーにストレッチャーが列をなしていた。交通事故だろうか、全身血まみれの患者ばかりだった。

待っている間、智は麻子に状況を聞いてみるが、智が家を出てから自傷行為に気付くまでの記憶が曖昧なのだと言う。症状は悪化の一途を辿っていることだけがわかった。

二時になり、麻子が朦朧としながら帰ろう、帰ろうと言った。家を出る前に抗うつ薬と睡眠導入剤を飲んだので、眠くてつらいのだ。

三時。智は抗うつ薬が切れ、動悸に苦しめられた。

友人と会わなければと悔やんだ。SNSに答えを求めたことを、むなしく思った。いっそふたりで死ねば、楽になるのかと思った。

三時二十二分、ERに入り状況を説明、麻子の処置が始まった。

看護師が事務員に対して、わめいているのが聞こえた。旦那さんが…という一言が聞こえたので事務員に声を掛けると、申し訳なさそうに答えた。

「当院は二次救急なんですが、受け入れた急患が三次救急だったので、イライラしていたようです」

四時、タクシーを呼んで帰路についた。お互い「頑張ったね」と声を掛け合った。

「死んじゃダメ?」と麻子が言った。

体調が悪く横になってばかりで、体力を戻そうと歩いても十五分ごとに一回の休憩が必要だった。歩いて五分ほどの馴染みの八百屋で、座り込んで動けなくなることもあった。

日に日にできることがなくなっていくことが、悲しかった。

ふらふらとバルコニーに向かう麻子を、智が制止した。地上七階、落ちたらひとたまりもない。

数えきれないくらいの「死んじゃダメだよ！」思いつく限りの名前を添えた「死んじゃったら悲しむよ！」という智の叫びが、朦朧とする麻子の耳を通過した。

智と麻子は、この地球の深海の底で、ふたりぼっちの気分だった。


夜、智はテレビを見ていた。ドラマ、コンサート、ドキュメンタリーと興味のある番組が続いており、麻子の「コンビニ行きたい」という声にも生返事だった。

「血が出てる」

麻子はカッターを手にしており、抜糸したばかりの傷から血が流れていた。

いつものように、圧迫止血をした。

「畜生！」智はカッターを床に投げつけると、麻子はボロボロと涙をこぼしながら何度も何度も「ごめんなさい」と繰り返した。

十月、度重なる麻子のリストカットに追い詰められた智に、森口先生は意外な診断をした。

「順調ですね。うつ状態からストレスに変わってきています」

しかし治ってから半年ほど、向精神薬を服用しなければいけないそうだ。

「本当は薬を飲みながら働くのがいいのですが、抗うつ剤を飲んでいては乗務できませんから」

クリニックのそばを走る電車の乗務員が患者にいるそうで、鉄道の事情には詳しく、森口先生が主治医であることが心強かった。

馴染みの八百屋の奥さんが「あんたは偉い」と智に言った。オーバードーズの状態で卵を取りに行った一件以来、家庭の事情を伝えてあったのだ。

大変だね、とよく言われるが、偉いと言われるのは初めてだった。

少し遠出しよう、と城島が誘った。しかし麻子の状態が良くなく、以前のこともあったので「私と妻の体調次第」と返事をした。

麻子が快方に向かっていると森口先生が言ったので「行くよ」と連絡をした。

出掛ける前日、麻子の精神状態が芳しくなかった。派遣看護師の仕事が入っているのだが、大量の苦情が知らないうちに派遣会社に行ってしまわないか不安で、面識のない人が怖い、と言った。

じゃあ行かない、と智が言うと麻子は、ストレスが溜まっているみたいだから行ってきて、と返した。

傷病手当金での生活が不安でならなかった。買い物と言えば近所の商店街とスーパーで、自分のものは一切買っていないし、見てもいない。また、このところ麻子に掛かりきりで、自分の時間もなかった。それは事実だが不安を抱えたまま、することではない。

「ストレスは溜まっている、自覚は十分にある。でも体調の悪い家族を置いて、遊びに行けないだろう?」

すると麻子は、遊びに行けなくなったのは自分のせいだ、と責め始めた。智は低下した思考力で、もっといい方法は何だ、と悩むしかなかった。

智と麻子が話す近況を聞いて、森口先生は「就寝と起床の時間を決めてはどうですか？」と言った。ふたりはハッとした。

老人保健福祉施設を切られたショックで麻子がリストカットしてから、生活サイクルはめちゃくちゃだった。

深夜に病院へ行き、処置が終わって早朝に帰宅。それをきっかけに昼、ひどいときは夕方に起きるような生活が続いていた。麻子の病状は改善せず、智のストレスも溜まる、負の連鎖が続いていた。これでは乗務員どころか、社会に復帰できない。

就寝・起床時間を決めて起きた日は、気分が良かった。

こんな単純なことに気付かず、またこんな単純なことで改善するのかと、恥ずかしくなった。

8・起伏

十月、傷病手当金は支払われなかった。早期復帰を信じたために、決断が遅れたことが原因だった。しかし健康保険や厚生年金、住民税などの控除不能金が六万円。これを毎月乗務区に届けなければならない。

こつこつ貯めた預金を切り崩すしかなく、いつまで持つだろうかと、不安でならなかった。麻子の派遣看護の給与が頼みの綱だった。

向精神薬が意欲を阻害してきたということで、智の薬が減った。

体調は坂道のように変化するが、薬効は階段状である。薬が変化する日は、どうしても緊張する。薬が体調に対して効かなかったり、あるいは効き過ぎたりすると、今までとは違った感覚になる。好転すればいいが、そうでないときもあり、どちらにしても薬効に伴う体調の変化には体力も神経も使う。

傷病手当金申請の書類を森口先生から受け取り、乗務区に向かうと、年末調整が始まっていた。

住宅ローン控除の適用期間中だったが、毎年資料を見ながら自分で行っていた計算が、今回に限って怖くなってしまい、助役や主任に記入を手伝ってもらいながら書いた。

麻子の年収を聞かれ、固まった。相談の上、扶養控除せず麻子の収入は確定申告することにした。

住宅ローン控除の申請書を去年も会社に提出しているかと聞かれ、頭が真っ白になった。固まった智に、助役も主任も事務係もパニックになり、事務所に保管してある智にまつわる書類をかき集め始めた。

今回の申請書を見て、去年も出しているよ、と石見主任が言い解決した。

智は、数字恐怖症になっていた。阿呆になってしまったと思い、憂鬱な気分で帰宅した。

十一月の受診で森口先生は、経過は良好だが思考に鈍りがあ[illegible]と復帰はできないと言った。障害者ではない自分にも申請できる[illegible]区役[illegible]障害者自立支援の申請をしてから乗務区で面談、帰宅すると智は動けなくなっていた。麻子は、たびたび休んでいるので回せる仕事はないと、派遣会社から言われてしまった。

翌日、ふたりで買い物に出るが頭重感と倦怠感、気分の落ち込みのため、智が雑貨店で座り込んでしまった。智に頓服薬を飲ませ、動けるようになるまで、麻子は待っているしかなかった。

体調が悪くなり頓服薬を飲み、調子を取り戻す。この繰り返しに智は、薬に支配されているような感覚があり、耐えられなかった。

「薬を飲んでニコニコしている俺がいいんだろう！」

怒る智に、麻子が激怒した。

「私だって薬を飲んでいるから、まともでいる！　薬を飲んでいなければ、まともに一緒にいられないんだよ！」

麻子の言葉は、反論のしようがなかった。ふたりとも薬を飲んでいるから、何とか社会に出ていられるのだ。

帰宅してからも智の気分は憂鬱なままで、麻子がひとりで夕食の準備をした。

その間バルコニーでひとり、投身自殺について考えていた。智は、ただ漠然と死にたくなるときが多くなった。自殺の方法について、思いを巡らせる夜が続いていた。

そうか、これが希死念慮かと。うつ病は死ぬ病気なんだと。重症でも、治りかけでも、いつだって死に至る可能性があるのだと。

智から死にたい気持ちはなくなった。しかし、明日も生きている自信もなかった。


皆そうだと思うが、智は時間がたくさんできたら、好きなことに時間を費やしたいと思っていた。読書や映画鑑賞、多忙で作れなかった鉄道模型、四季折々の花を写真に収めるのもいい。

いざその時間を得たものの、一日出掛けると疲れ果て二、三日は動けなくなった。そうでなくても、些細なことがきっかけになり、何もできない日もあった。思考が鈍り、当たり前にしていたことが、できなくなった。

寝付くことができず、睡眠導入剤で無理やり寝かし付けられた。

つまらないことでイライラして怒り、自責の念で死にたくなった。

動悸、頭痛、頭重感、倦怠感、暴れたい衝動に襲われた。

生きていることが、苦痛でならなかった。

年末になって、麻子の新しい職場が決まった。麻子の初出勤の日、智は森口先生を受診する日だった。

傷病手当金申請書を提出すると、先生の書き損じが見つかった。助役は困った様子で、先生の訂正印をもらうしかない、と言うほかなかった。

智は、奇声をあげてしまいそうになるのを我慢するため、テーブルの端を摑んだが、そうしているうちに涙がこぼれてきた。

後日、訂正印をもらうついでに診察してもらうと、薬が足りないのかもしれないと診断され、薬が増えた。

智の意欲がなくなった。

新年最初の受診は夕方からなので、智は本を読んで時間を潰していると、母から電話があった。

年賀の挨拶に智は実家に行き、そこでうつ病のことを打ち明けたのだ。両親の反応に怯えたが、苦言を呈されることはなかった。

電話に出ると、お年玉が多い、という苦情だった。

「ごめんごめん、麻子の家を基準にしたものだから」

『うちは親戚が多いんだから、少なくていいのよ』

それから、ふたりの病状に話が移った。もう打ち明けてしまったのだから父への遠慮もなく、包み隠さず話した。

毎日、倦怠感に襲われる。かったるくて何もできない自分に憤り、憂鬱になる。智の訴えに、森口先生は苦渋に満ちた顔をした。

「失敗だったなぁ、向精神薬の難しいところだ」

触れても切ってもＭＲＩにかけても、病巣が見えないのが、精神疾患の難しいところだろう。処方する薬も、胃薬に精神への作用が見つかり、それを目的に処方することもあれば、新たな副作用が見つかり服用を中断させられることもある。精神疾患の科学的療法はフロイト先生以来、まだ百年ほどの歴史しかなかったのだ。

これまでの自宅療養は、興味と実行の合致を目指すものだったと言えた。智はフォークシンガーに憧れて、安物のアコースティックギターを買ったものの、体調を崩してから断念している。現業復帰に対する不安をきっかけに、学生時代に描いていた漫画を再開させたが、ペンを入れられないでいる。

麻子は中途半端だと叱責した。

手を動かすことは疲れるので、あきらめた。歴史に興味があったので、菩提寺の宗派について調べることにした。

傷病手当金が支給された。危うく預金が底を突くところだった。

智の場合は二十万円だった。ここから控除不能金の六万円を差し引いた十四万円が手取りである。帝急は基本給が低いので、現業は時間外労働で不足分を補填していた。これは智においても例外ではなく、手当金の額は無給と比べれば天と地の差だが、乗務していたときの給与と比べたら雲泥の差で、生活は苦しいままだった。

麻子頼みと言う現状に、変化はなかった。

月例教習のうち、年二回は懇親会だった。夏は区長と助役、主任が各班を分担して参加するが、冬は乗務員だけである。夏の懇親会は会計にとって班旅行に次ぐ重大イベントである。一転、冬はただの飲み会でしかない。

智の元に、誘いのメールが届いた。近況報告のために行くつもりだったが当日、体調不良のためドタキャンした。

薬のコントロールに苦労していた。毎日のように頭痛、頭重感、倦怠感に襲われて、頓服薬を常用していた。

翌日、体調が落ち着いていたので鉄道模型サークルに参加した。帰宅すると、麻子がリストカットしていた。

後日、ふたりで買い物に出た。電車内で広域路線図を見ていた智は目を回して、うつ状態になった。頓服薬を飲み、麻子に支えられながら何とか用事を済ませて帰宅した。

「どうして調子が悪くなったの？」

麻子は怒っていた。智にとって行きたくない買い物だから、調子が悪くなったのだと思っていた。

「路線図を見ていたら、ちっとも頭に入っていかないし、何が書いてあるかもわからないし」

智の言い訳は、麻子の理解を超えていた。百の言葉が形にならないまま、頭の中を渦巻いた。やっとのことで格好がついた言葉は、

「何で具合が悪くなるのに見たの？」

うつむいた智の言葉は、口元で消えてしまいそうだった。

「…乗務員だから…」

麻子が何ひとつ理解できず呆れていると、智が絶叫し　。

「異動なんて考えられない！　もう一度乗りたい！　もう　乗りたい！」

麻子は、気が済むまで泣かせることにした。


二月の受診で、智の睡眠導入剤が二錠から一錠に減った。しかし不眠症状が出て、頓服薬を常用している状況に変化はなく、二週間後の受診で睡眠導入剤一錠半に変えたが、今度は意欲がなくなった。

以前からこの睡眠導入剤の限界を悟っていた森口先生は決断した。就寝前に睡眠導入剤一錠を頓服、朝は意欲を出す薬を必ず一錠。

朝起きて薬を飲むと、耐えがたい眠気に襲われて、二度寝した。飲み間違いなどではなく、前日の夜が不眠だったので、それに薬が負けているのだ。記憶はないが、薬が減っているので飲んだのだ、というときまであった。

相変わらず智は、薬のコントロールに苦労していた。昨年十月に始めた規則正しい生活は、崩壊してしまった。

柳谷師匠が、智と麻子を競馬会に誘った。ギャンブルは嫌いだが、乗務区のみんなと会う席を設けてくれた師匠に感謝して、参加することにした。

「何だ、元気そうじゃん」というみんなの声に、安心させられたのだと安堵した。体調がいいから外出できたのだが。

若手が前乗りして取ってくれた席に座って、麻子と馬を選び、各レース百円ずつ賭けて遊んだ。これが旨いんだと、競馬場グルメを持ってきてくれる人もいた。

勝負は惨敗に終わったが、皆と過ごす時間が幸せだった。

反省会と称して、居酒屋で食事した。もちろんふたりはノンアルコールだ。勝った負けたという話の合間「どうなんだよ、調子は」と聞かれて「なかなか許可が出なくて」と言葉を濁して苦笑いし、やり過ごした。

散り散りになった別れ際、改札前で智と柳谷の目が合った。

智は、柳谷の肩にもたれ掛った。喉元まで込み上げてきた涙を、止めることはできなかった。

「師匠、この病気…つらいです」

柳谷は、今にも崩れてしまいそうな智の肩を抱いて、うん、うん、大丈夫だ、と繰り返した。

入眠困難は四月まで続いた。この間に麻子が失業し、窮地に追い込まれ、銀行にフリーローンを申し込んだ。住宅ローンも、銀行に事情を話して一定期間の返済を止めてもらった。後が苦しくなるのはわかっているものの、背に腹は代えられなかった。金銭的理由はもちろん、休職期間が間もなく一年になるので、智も森口先生も焦っていた。就寝前の睡眠導入剤は漢方に変わり、朝の薬共々やめる方向になった。

乗務区での面談で、

「抗うつ薬が落ち着かせる薬から、やる気を出す薬になりました。睡眠導入剤をやめれば復帰できますか？」

と聞いたものの、

「全部やめないとダメだろう」

という回答に、森口先生は参った、という表情だった。

「そうなんだー厳しいなぁ、縦割りと言うか…」

鉄道会社のモデルは役所なので、縦割りなのはやむを得ないのだ。

「お酒も飲むでしょう？　よっぽどお酒の方が危ないのに」

「眠くなってダメなら、仕事の合間に食事もできませんね。会社で診療所と産業医を抱えているんですよ。服用しても仕事ができる薬のリストを作ってもらいたいのですが…」

するとか森口先生の表情が硬くなった。

「でも何かあったときに、会社が産業医を訴えるケースが急増しているそうです。産業医が慎重になりすぎて、なかなか復帰の許可を出せずにいます」

智が風邪を引いた。しかし延び延びになっていた麻子との約束があったので、無理を押して出掛けた。

地下街を歩くと、支離滅裂な人波に揉まれた。

目的の百貨店に着くころ、智は重たい疲労感に押し潰されており、麻子にベンチで休んでくると告げて、それから動けなくなっていた。

買い物から戻ってきた麻子が、帰ろうと言った。

ここから家までは、電車を降りてから自宅まで商店街を歩く帝急と、家のそばまで行くJRのどちらでもよかった。

「どっち？」と麻子が聞いても、智は答えなかった。

「…どっちがいいの？」

「わからない」

「何でわからないの？」

「わからない、わからない、わからない」

智に思考力も判断力もなかった。頭に浮かぶのは消えたい、死にたい、今にも暴れだしそうだ、ということだけで、それらに耐えるだけで、やっとだった。

布団に潜ると、止めどない負の妄想と希死念慮に襲われた。

五月の受診で、就寝前の漢方薬だけが処方された。これは眠気を誘う薬ではなく、眠気をアシストする薬なので、服用しながら乗務しても問題がないと森口先生は言い、復職可能の診断書も書いた。

乗務区で「精神科から処方されている薬を完全に断つまでダメだ」と言われた。森口先生が激怒した。クリニックそばの鉄道会社では、職名別に服用可能な薬が決まっているらしく、今回処方した薬も、その会社の基準に合わせたようだった。

電車、しかも帝急が好きな森口先生は、帝急に呆れ返っていた。会社によってルールが異なるのは、ある程度は仕方がないのだろうが。

9・社会

麻子の新しい職場が決まった。病棟勤務で職場環境は悪くなく、とても楽しそうに出勤していた。しかし体調は芳しくなく、出勤と早退を繰り返し、予定の半分ほどしか働けていなかった。

森口先生は、自律神経が原因ではないかと言った。

智は、精神科処方の薬が終了し、復職が決まりそうだった。本社の手続きや産業医との面談を済まさなければならず、復帰は六月末になりそうだと聞いてはいるが、会社からの連絡を待っているしかなかった。

鉄道サークルのリーダーから、早く復帰しなさい、という内容のメールが届いた。先生は復職可能の判断をしているが、会社の許可が出ないので待っていると返信すると、

「心が弱いからだ。病気に甘えるな、早く治しなさい」

と返信があり、智はショックのあまり号泣した。麻子は、もう参加しなくていい、と告げた。


うつ病を特集するドキュメンタリー番組を見た。

新型うつが紹介されていた。薬効や体調の回復で取り戻した日常生活なのだが、智も麻子も、自分は新型うつではないのか、ただの甘えではないのか、むしろうつ病を装った甘えではないのかと疑い、気を落とした。

ふたりとも、うつ病と甘えの判別には葛藤し続けていた。

続いてアメリカの最新療法が紹介された。脳に通電してシナプスの働きを促す、というものだった。

うつ病は、脳の病気なのだ。心が弱いのではなく、心が弱るのだ。

区長に連れられて本社へ面談に行った。案内された席には管理と人事の職員が二名ずつ座っていた。人事職員は、智と同じくらいの歳に見えた。

発症の予兆から休職、現在に至るまで、そして最近の過ごし方について話した。この一年、色々あり過ぎて伝えきれなかった。

「復帰にあたって、不安はありますか？」

「そうですね…仕事を忘れているし、変更点もあるでしょうから…」

「それは教習をやるから大丈夫だよ、独立乗務したときと同じだ」

区長の言葉に、智は安心できた。いいことも悪いことも、一から仕切り直しだ。

「体力が落ちているのと…うつに対して誤解や偏見があるのが不安です。それと再発が多い病気なので…」

「コミュニケーションを取っていけば、少しずつ晴れると思います」

この不安は、払拭できなかった。果たして、本当にわかってくれるだろうか。

「あ！　あと車内放送が人によってまちまちなんですが、放送文案はなくなったのでしょうか？」

「それ、ちゃんとやっていないだけだよ。手ぇ抜いているんだよ」

智と区長のやり取りに、みんな笑った。区長の目だけが、笑っていなかった。

特に予定がない日、智は帝急電車に乗っていた。車内放送と停車駅予告地点を確認するため、また車掌の感覚を取り戻すため、後部車両に立って乗車して、車窓の景色を見てはメモを取っていた。

最初は近所の駅から少しだけの距離を乗車していたが、次第に体力が回復してきて乗車できる距離が伸びていった。全区間、全列車種別の停車駅予告地点をメモし終わったところで、産業医との面談が決まった。


麻子の提案で、父の日の贈り物を買いに出かけた。智の父に贈るものは決まったが、麻子の父に贈るものが見つからず、あちこちを回って探した。

ようやく相応しいものが見つかったが安くなく、麻子は難色を示した。痺れを切らした智がカッとなって「俺が買うよ！」と言ったが、麻子が止めた。

買い物を済ませて本屋を巡ると智がフラフラになり、早々に帰宅することになった。

「役立たずどころか、足まで引っ張っている…」

という、自らを卑下した智の発言に、麻子が怒った。

智は延々と思いの丈を吐き出して、泣いた。

「自分は病気に甘えて卑怯だ。自分なんか、いなかったことになればいいのに」

智は、死にたかったのだろう。薬を飲むほど悪くないから、自力で希死念慮に耐えなければいけない。うつ病は、治りかけの自殺が多いのだ。

産業医は、感じが悪い先生だった。専門は脳だそうで、精神疾患の知識がどれだけあるか、わかったものではない。

人事との面談をまとめた書類に目を通し、発症から現在に至るまでを尋ねたが、症状については何も言わなかった。診察ではない、面談なのだ。

七月に復帰予定と聞いて喜んだが、まだ体調は万全とは言えず、日に日に追い詰められるような気分になっていた。しかしこれ以上休むと、社会復帰できるかが不安だった。

「では、試し通いをしてはどうですか？」

二週間、指定された時間に乗務区に来て、三十分から一時間ほど過ごして帰る、というものだ。給料は出ないので、仕事はできない。

そして、スケジュールが決まった。再び人事と面談をし、許可が出れば試し通いを二週間。問題がなければ、机上教習と技能講習を合わせて一か月、技能講習最終日に見極め。合格したら独立乗務だ。

しかし後日受領した書類には、試し通い、本社人事と面談、教習の順番なっていた。

六月末、試し通いが始まった。最初の一週間は毎朝九時出社で、仕事ではないから私服でいいと言われた。しかし職場に私服でいることの方が嫌だったので、制服に着替えることにした。

初日。あの日、自分がしがみついていると思った赤い電車は、今はしっかり職場に見えた。貸与品の時計が電池切れで止まっていて苦笑した。そうだ、時が止まっていたのだ。主任に電池交換を依頼して、班の連絡ノートに手紙を書いた。控室ではみんなから声を掛けられたものの、誰かから何を言われるのかと思い、怯えるようにこそこそと一時間ほど過ごした。病は罪ではないだろうに。

二日目、師匠と兄弟子に挨拶ができた。しかし誰彼なく声を掛けることはできなかった。

三日目は一時間半、四日目は二時間ほど過ごし、五日目には飽きていた。話したこともない人に睨まれて「何だ、あいつ」と憤った。

六日目は休みで、麻子と買い物に出掛けた。

七日目の休みは、城島に誘われて鉄道模型のイベントに行った。一緒に昼食をとってから別れるつもりが、ずるずる流されるように連れられた先は、鉄道模型サークルの製作現場だった。

智の顔を見るなり、リーダーは明らかに不快な顔をした。作業を通じて歩み寄れたものの、喧嘩が解決していない、と麻子に怒られた。

試し通い二週間目は、乗務員生活の復帰を目指して不規則な出勤時間にされた。しかし実際の時間に比べれば、ずいぶん楽なものだった。

八日目は七時出社で、溜まっていた書類に手を付け、十時半まで過ごした。

九日目は十二時出社。地震が発生してダイヤが乱れ、居場所に困った末、邪魔になるだけだからと帰った。

十日目は十六時出社だったが昼ごろ、麻子に何も告げられず買い物に連れられて喧嘩になった。

「急な予定変更に弱い癖に、予定外のサークルには参加するの？」

「本当は行きたくなかったんだ！」

そう言って、本心を綴ったメールを城島に送り、我に返ってから、ひどい内容だと後悔に苛まれた。

十一日目、七時出社。麻子との喧嘩と、城島へのメールを悔やみ悶々と過ごしていると、偶然にも城島が控室に来た。ひどいメールを送ってしまい、いやいや無理やり連れて行って、とお互い謝罪することができ、気持ちに晴れ間が見えた。

その日の午後は、森口先生の受診日だった。

「深く落ち込んでも、自力で立ち直れれば大丈夫です。気持ちが沈んで立ち直れなかった場合、頓服の抗うつ剤を処方することも検討しましょう」

「すぐそばにいるのに挨拶を返さない人がいて、恨みを買っているんじゃないかと、不安で…」

「見返りを期待する挨拶はありませんよ」

十二日目、最後の試し通いで十三時に出社して本社で面談だった。智が近況や復職への不安を話すと、それぞれが意見を述べた。

不安の逃げ道を見つけましょう、と人事が言った。

一人でやる仕事だけど、孤独じゃないんだから、無理なら頼ったり甘えたりしていい、と管理が言った。

作業ができるかという不安は、車掌に来たときの不安と同じだ、と区長が言った。

もう一度、産業医と面談をしてから復職することが決まった。

「ちなみに乗務員復職の教習日数に基準を設けているのは、珍しいそうですよ。同業他社はその都度決めているそうで、問い合わせに来るんです」

管理職員の言葉に、区長は感心していた。しかし智は、傷病休職が当社では珍しくないからではないかと思っていた。

10・生還

七月半ば、復職が叶った。休職は一年一か月半で幕を閉じた。試し通い期間中に終わらなかった書類の山、出られなかった月例教習を片付けるのは、二日がかりだった。

二日の休みを挟んで乗務員養成所に出勤し、適性検査を受け知識の確認を行った。その後の二日間、先輩車掌の担当列車に添乗した。他人の作業を見ることができる、作業からその人の考え方まで読み取ることもできる、貴重な機会であった。

翌日は机上教習最終日。午前中は改めて知識の確認、午後は後輩の再教習で車両実習をやるというので参加した。智が休職中に独立乗務をした車掌で、誰ひとりとして知らなかった。同じ班です、と挨拶されて、どうして知っているのかと動揺し、簡単な挨拶で済ませてしまった。

技能講習は、班長にマンツーマンで見てもらうことになった。休職中に班長は二回の交代があって、現班長は他班から異動してきた方だった。

今までやっていた作業なので、休んでいるうちに忘れていることや感覚を取り戻すつもりだったのだが、想像以上に忘れていた。決められたマナー放送を実施できなかったり、停車駅予告ができなかったり、作業が二つ三つ重なると頭が真っ白になったりと、自分自身に落胆するばかりだった。

放送文を持ち帰って読んでみるが、ちっとも頭に入らなかった。復帰は早かったのでは、むしろ無理なのではないかと泣いていると、

「自分のキャパもわからないで、やると言ってやらないで、中途半端だ」

と麻子に怒られて、また泣いた。智には中途半端という言葉が一番堪えた。

森口先生の「薬を早くやめた弊害」という言葉に改めて納得した。

半月の講習と教習、人間関係の不安と、できなかったこと。月末の懇親会では、訳もなく号泣して周りを困惑させてしまっていた。

「でも、薬を出す気はありません。最近の研究ではビタミンB群、DHA、EPA、コレステロールがうつ症状を改善することがわかってきました。特にコレステロール

はセロトニンの原料で、高コレステロールの人は自殺率が低いそうです」

日進月歩だが、まだわからないことが多い精神科の世界だから、覆ることがあるかも知れない。しかし今は、信じるしかなかった。

「あと麻子の話なんですけど、出勤前に調子が悪そうだったので『休もうか？』と聞いたんですけど『遊んでいるから大丈夫』って言われて、夜に帰宅したらリストカットしていまして」

「あなたのところは、どちらかが良くなると、どちらかが悪くなる。一緒に良くなれるよう、一度話し合っては如何ですか？」

どちらも落ち込むことがあっても、どちらかがギリギリのところで踏ん張って、お互いを何とか支えていたのだ。ふたりとも沈んで動けないことがなかったのは幸いだが、森口先生の言うように、お互い手を携えて浮上していけるのが理想だった。


八月に入り、智は少しずつ感覚を取り戻していった。時間を見る習慣や、区間運転時分に合わせた放送など、課題を見つけては克服する術を探しては試し、失敗を繰り返しつつ、乗り越えていった。

二日間だけ柳谷師匠について「技能講習は理想と現実の微調整」という言葉をいた

だいた。張り切り過ぎたのか、結果はさんざんだった。

「乗務するには知識と技能を修得すればいいのだけど、本当にそれでいいのかな。復帰してから声を掛けなくなった人は、何を考えているのかな。遠慮しているのか、避けているのか、それとも恨んでいるのか…」

智は、麻子に悩みを打ち明けた。どうしても人目が気になってしまうが、人の心というわからないものに恐怖し苦悩した。


講習終盤に連泊勤務があり、一泊目は躁状態だった。放送は早口で、時計や時間の見間違いが多発した。しかし挨拶を無視されたとき、すべての人に嫌われないのは無理だと割り切れた。

帰宅して仮眠を取って出勤した二泊目、うつ状態になった。この一か月で担当できなかった区間があったので、ここで病気に負けてはいけないと鞭を打った。

見極め当日、行路表の列車を指し、ここで主任が来て見極めだと班長が言った。前日には納得のできる仕事ができており、大丈夫だ、自信を持っていいと背中を押された。

見極め列車の一本目、実施したはずの放送をやっていないと指摘され、激しく動揺した。そのため二本目は、上の空で担当した。

三本目、機器点検より先に車内放送をし、間違いに気付いて手が、声が震えだした。決められた作業と放送、涙をこらえるだけで手一杯だった。

見極めが終了し主任が降車した後、涙が止まらなくなって班長に交代を願い出た。この講習中で初めてのことだった。

「よし頑張った！　ご褒美だ！　感動したんだな！」

智の口から「違うんです」という言葉が絞り出された。電車から飛び降りてしまわないよう、運転台のハンドルを目一杯の力で掴んでいた。

「大事な場面で納得のできない作業をして、支えていただいた方々に申し訳なくて…独立乗務できる内容ではないのですが、独立乗務できなかったら皆様に申し訳ないです」

うつ状態の原因は、この完璧主義なのだろう。独立乗務後、さんざん迷惑を掛けて辿り着いた答えは、手を抜いたり舐めて掛かると痛い目に遭う、というものだった。

班長は智の方を向いて、そっと寄り添うように言った。

「智、頑張るのは、少しでいいんだぞ」

乗務区に戻っても合格とも不合格とも言われず、翌日以降の勤務表に智の名前があるのを確認して、独立乗務できることがわかった。

若松運転士と組む日がやってきた。あらぬ疑いを二度も掛けてしまったので、申し訳ない思いで一杯だった。

休憩中、若松運転士が恐る恐る話し掛けた。

「休んでいるときの給料って、どうだったの？」

「初めの三か月は休暇を使ったので、基本給が出ていました。休暇がなくなって傷病手当が出るまでの三か月は無給で、預金を切り崩していました」

「傷病手当って幾ら出たの？」

「二十万です」

「休んでいて二十万もらえるなら、いいなぁ」

若松運転士は、うらやましそうな顔をしたので、智は慌てて取り繕った。

「でも控除不能金が六万あって、毎月乗務区に届けないといけなかったから、きつかったですよ」

「休んでいる間、何していたの？」

「動けなくて何もできなかったんですけど、ひどいときは死ぬことばかり考えていました。乗務区裏の灯油倉庫あるじゃないですか。留置してある電車を燃やして、そこでとか」

「物騒なことを言うねぇ」

脅しのようだが、嘘ではないという平静な態度で話した智の言葉に、若松運転士は顔を引きつらせた。少しでも理解してくれれば、そう願った。

「二時間ぐらいで持ち直すのですが、時々ひどく憂鬱になります」

「それは、うつ状態ではないかも知れないですね。自力で立ち直れて、仕事に支障がないなら問題ありませんよ」

「目覚まし時計が鳴る数分前に目が覚めるのですが、深く眠れていないのでしょうか？　時間が不規則な仕事だから、助かるのですが」

「緊張しているのでしょう、そのうち慣れますよ」

「ひどく疲れやすいんです」

「休めるときは、貪欲に休んでください」

「休職前後で、態度が変わった人がいて、気になります」

「態度を変えるのは、自分を守ろうとしているんです。元の関係に修復すると再発する可能性があるし、病気して人を見る力が鍛えられたはずだから、一歩引いてみてください。変わらず接してくれる人は、本当に信頼できる人です」

そして森口先生は、食事療法を勧めた。うつ状態になると脳細胞が傷付けられるが、魚の油は傷ついた細胞を修復する力があるそうだ。またコレステロールは細胞膜になるそうなのだ。

後の研究で変わるかも知れないが、今はそれを信じることにした。

九月の定期異動で、班長が交代した。智がいる班は他班と比べて若く、今回も新班長は他班からの異動だった。

新班長の歓迎会と、智の復帰祝いが行われることになった。

新班長の挨拶に続いて、智が挨拶をする番となった。

「一年一か月半という長期間…」と言ったところで「堅いよ！」と声が掛かり、苦笑した。声を張り上げて、仕切りなおした。

「生きて帰ってきました！」

その場から音がなくなった。

「休んでいる間、柳谷師匠をはじめ、皆さんに支えて頂きまして、ありがとうございました。まだまだ迷惑を掛けると思いますが、班の一員として盛り上げていきますので、宜しくお願いします」

ところどころから、お帰り、無理するな、と声が掛かった。

席に着いたところで、柳谷師匠が智のそばに座った。

「会計の帳簿を見て、みんな驚いたんだよ。ちゃんと書いていて、皆で凄いなって。本当にありがとう」

俺が会計やっていたとき、いい加減だったから赤字になっちゃって、という柳谷師匠の話に、笑い合った。

宴もたけなわになったが店に時計がなく、仕事以外で時計をはめていなかった智は、今何時だろうと思い、鞄に仕舞っていた携帯電話を取り出すと、麻子からメールが届いていた。

リストカットをして、病院にいるのだという。

荷物をまとめて班長と師匠に急用ができたので帰ります、と言い残し、病院へと飛んで行った。

11・水面

リストカットをきっかけに、麻子が退職した。給与は安いが人間関係が良かっただけに、ふたりして残念だと悔やんだ。

冬に非常勤の看護師として復職したが、計算を誤ったために、年明けからの家計が持たないと麻子が言った。

智は時間外労働を増やし、麻子も派遣看護を増やすよう奔走した。

しかし春になり、麻子の体調不良が続いた。森口先生から、退職も念頭に仕事を休むよう告げられた。

死刑宣告のような診断に、麻子は週一回の派遣当直だけは行くと言うが、結局外に出られず休み、それが原因となり解雇された。

疾病を理由とした解雇に、派遣会社が困惑したが、どうすることもできなかった。

再度、森口先生を受診すると、麻子は無期限の自宅療養を言い渡された。

朝起きたときから、智は吐き気と憂鬱感を感じていた。麻子に促され会社を休むことにした。

「お金のことでしょう?」と言われて、智は黙ってうなずいた。

麻子の父に相談をしたが、貸せるほどの蓄えはなく、金利が安い労金を薦められた。労金の窓口に相談したが、銀行からの借り換えも、自宅を担保にした借り入れも難色を示された。

智の父に相談することにした。

「話っていうのは…」

休職期間中の収入不足、銀行からの借り入れ、麻子の失業まで、恥を忍んで甘さをさらけ出した。

「幾ら必要なんだ」

「…二百…万…」

両親は顔を見合わせた。

「…二百万なら、何とかなるよね」

智は土下座をした。これでつながる、生活していける、家を潰さずに済む。

「でも、もう出せないよ」

「いや、十分です。ありがとうございます」

ギリギリのところで救われたが、傷病休職が原因の借金で債務整理、個人再生、自己破産する人も多いのではないか。

確かに病気で会社を休んだが、それ以上のことをしたというのか。病気は罪なのか。病気だけでも苦しいのに、更なる責め苦を、何故受けなければいけないのか。

やり場のない嘆きが、智の胸にあった。


智の父の会社が廃業した。京浜工業地帯の町工場に産業機械を卸売りする会社で、定時制高校に通いながら十六歳から勤めていたが、バブル崩壊の煽りを受けて経営が悪化、ずいぶん前に会社更生法の適用を受けていた。

若い社員には、まだ再就職できるからと退職してもらい、社長と父と、もう一人の社員だけで業務を続けていた。

ついに会社の整理が完了して、五十三年に及ぶ父と会社との歴史が幕を閉じ、その慰労会を智の兄が企画した。

サラリーマンの大先輩から何か聞いてみたかったが、寡黙で口下手な父は社史について触れただけだった。

「新しい会社は、どこですか？」

という麻子の言葉に、智は驚愕した。

「え？　次の仕事、決まっているの？」

「あれ？　話していなかったっけ？」

知らなかったのは、智だけだった。

「経験者じゃないとできない仕事があるから誘われたんだけど、パートのつもりがフルタイムにしてほしいって言われて」

そう言いながら、はにかんだ。

目の前に、六十九歳の新入社員がいた。


智の担当列車に、助役や主任が添乗してくることが多くなった。経過観察かと思いきや、どうもそうではないような気がした。

乗務区控室にいると、助役と主任から呼び出された。

「見習いをつけたくないか？」

半年前に教習生を指導した同期はいたが、智にとっては意外な話だった。一年以上の休職により、指導者を拝命するための経験年数が足りないからだ。

しかし主任が、

「そんなことは気にするな」

と一蹴した。

評価をありがたく思い、謹んでお受けします、と答えた。乗務区推薦が本社関係部署と育成所を通過して、正式に指導者として拝命される運びである。

「師匠になるの？」と言った麻子は、とても驚いた様子だった。

智はと言えば、師匠の仕事を見習いに伝える責任感に潰されてしまわないように、また経験年数不足を指摘され話が流れる可能性もあったから、ざわつく胸を抑え込むように平静を装っていた。

「指導者になったから出世するわけでもないし、仕事と査定対象が増えるだけだよ」

麻子は瞳を潤ませ、かぶりを振った。

「違うの。もし私のせいで、師匠になれなかったらって思っていたから…」

心の底から湧きあがった胸いっぱいの喜びが、涙となって止めどなくこぼれ落ち、ぐしゃぐしゃの笑顔を見せた。智は感謝の言葉を伝えたかったものの、喉元で詰まってしまい、麻子の肩を抱くことしかできなかった。

そして案の定、本社関係部署から乗務区に「経験年数が足りませんが、大丈夫ですか？」と問い合わせがあり、主任は「大丈夫です、本人はやる気がありますから」と、額に汗して取り繕ったそうだ。

智が復職してから一年が経った夏の日。海行き電車の乗務員室には、ふたつの影があった。

左手には智と麻子と歩いた砂浜が伸びており、その向こうは水面が黄金色にきらめいていた。

左腕に「指導者」と刺繍された腕章を巻いた智が、高速で流れる車窓を見つめながら教習生に説明をしている。教習生は緊張の面持ちで、説明と景色を結び付けながら作業をしていた。

「あ、海が見えた。え？　海？　わぁ、綺麗ってお客様が思ったら、マンションで見えなくなって停車駅予告」

教習生が、運転士に停車駅を予告する。

「藪《やぶ》を抜けたら再び海が広がって、さあここは何処だ？」

智の弟子がマイクを握り、到着案内放送をした。